博罗故事

Boluo Story

博罗县文化广电旅游体育局 编

江苏凤凰文艺出版社
JIANGSU PHOENIX LITERATURE AND ART PUBLISHING, LTD

第二章
小城·旧事

第三章
古村·原色

第六章
最初·乡味

博罗故事
Boluo Story

目录 Contents

罗浮山的山水不知荡涤多少熙熙攘攘的名利心，罗浮山的古木不知引起多少行人的注目，罗浮山的草药不知救治了天下多少人的疾痛，罗浮山的美食不知慰藉了多少饥饿的肠胃。

山水升华生命，古木启发生命，草药护养生命，美食哺育生命。来到罗浮山前，你可能是芸芸众生之中的凡夫俗子，离开罗浮山之后，你是一位深得养生之道的神仙。

博罗故事

第一章

罗浮·修仙

天·清

雾霾围城，约上好友三五人，驾一辆车，出发到罗浮山，拜道观、赏美景、吃农家菜……无须刻意寻找什么风景名胜，出发在路上便是一种难得的享受。进山的柏油路两侧，群山缭绕，森林密布，郁郁葱葱，打开车窗，仙山新鲜的空气迎面扑来，尘世的浊气也被荡涤一空。

山路十八弯，这时便是考验司机车技的时候，摆脱掉城市道路直来直去的单调乏味，驾驶也是一场狩猎，人生无限生机，尽在山重水复间。曲折的道路意味着更多的风景，正如坎坷的人生往往孕育着一场巨大的变革。

车窗外，触目所及都是盎然生机。一片片绿色的山地看不出半点人工雕琢的痕迹，若不是脚下的这条柏油路，初次到达这个地方，还以为自己就是发现美洲新大陆的哥伦布，在罗浮山中，发现了一个

人类从未涉足的处女地。

眼前仅仅只是罗浮山的一角，罗浮山更多隐秘的美景，等着你去探访。

罗浮山林木密布，森林覆盖率达96%以上，这里保留着最完整的自然生态。在雾霾天气席卷大江南北的今日，天地给这里留下了一方净土。2017年9月，“中国天然氧吧”评比活动结果公布，全国共有19个区域获此殊荣，罗浮山是广东省获此桂冠的唯一区域。据报道，截至当前的检测数据，罗浮山空气中负氧离子每立方厘米含量最高达14.5万个。

走进森林深处，这里虽有如织的旅客，神游其间，也能撞见一二游人。“莫说相公痴，更有痴似相公者”，互相问询，不是本地村民，都是来修行的山外之人，有的来自广州、深圳，还有的来自香港、澳门。继续深聊，还都是病友，你说你的气管炎，我就说我的支气管炎。虽然平日在都市里身患疾恙，忧愁、紧张、烦闷锁在眉头，在这里却感到难得的舒畅。

都市里的空气就像劣质果汁，你永远也猜不透里面都有什么添加物。来到罗浮山，你大可尽情地吐出胸中的浊气，深深地吸一口绿野间的清气，给自己的肺泡洗个澡。

“大道至简”，养人的空气也是如此，它们闻起来没有都市文明里矫揉造作的味道。有时是雨水的味道，清冽中带有泥土的气息；有时只有凉意，但是能够平抚躁动的心情；有时它混合着某种昆虫宣誓领土所遗留的体液……这里的空气是透明的，也是绿色的，是无味的，也是五味杂陈的。

日升月落，春华秋实，大自然在这里已经走过数不清的岁月；人世浮沉，风云变化，文明和历史也在这里走过了数千年的脚步。“天下名山僧占多”，自古环境优美之地，总是不乏人类的青睐。这片看起来宛如处女地的罗浮山，在很久以前，就有古人在这里修仙。

无数人间仙人都曾在这里修身养性，他们吸收这里的日月精华，采药炼丹，追求生命的永恒。尽管他们都很长寿，但谁都没能逃脱历史车轮的碾压，永生的期许幻化为口耳相传的民间传说，被雕塑成仙观里的神像尊身，给山中云雾添加了神秘色彩。

到了山村人烟之处，看着门前精神矍铄的老人在藤椅上摇扇张望，打声招呼，唠唠家常，提到年纪，他们报出的往往是让人惊讶的数字。这时候，另一位老人家参与进来，再一问，竟在百岁之上。难道是仙人的福泽留给当地居民这无上的幸运？

拜谒的香客络绎不绝，都说这里的仙人煞是灵验，不敢求长生不老万万岁，只求一点健康，求一点长寿，求一点能够升华生命质量的仙气儿。

地·美

既然称山，罗浮最不缺的自然就是形态各异的山峰。

罗浮山拥有432座山峰，峰峰有传奇，山山有故事。在罗浮山，有一个奇特的现象，那就是一峰多名。随着观者视角的变换，同一座山峰在不同的角度，呈现出不同的姿态，有如飞云流动的飞云峰，有如倩影独立的玉女峰，或拟人或仿物。

爱上一座山，最好的方式就是给它起一个温暖的名字，罗浮山还有许多未名的山峰等待你来给它命名。

有山的地方就有水，罗浮山山体饱满高耸，植被茂密旺盛，涵养着无数清澈甘冽的溪流瀑布。罗浮地处亚热带气候区，这使罗浮山的山泉溪流即使在冬季也无止无休地奔流。在罗浮山，欢乐的泉流就是住在深山里的精灵，给静谧的空间以灵动的气质。罗浮山区有多达980处的飞瀑名泉，每一处都是慰藉生命的甘露。

清新的空气滋养着茂盛的植被。远观罗浮山，就像一颗绿宝石镶嵌在博罗的土地上，当你走进它，就会惊奇于罗浮山植物的繁盛。得天独厚的地理环境让罗浮山的植物肆意地生长。

高大的古木参天，枝丫四散，以最开放的姿态迎接太阳的光照。顽强的藤蔓植物，顺势而上，不放过任何可以缠绕的支点，立体发展，就像千年老妖般恣行无忌。生长在森林底部的灌木草药则十分温顺，熙光初照，一副岁月静好的模样。

罗浮山的植物不仅种类繁多，并且品种珍贵，还以年岁悠久闻名。位于酥醪村酥醪观后的梅花树，树龄800余年，是广东境内树龄最大的梅花树，每年梅香扑鼻而来，不知醉倒多少游人。罗浮山还拥有千年仁面树，750多年树龄的九里香，老人峰上的苔松哪怕暴干后也数岁不死。

在罗浮山不仅能够经常看到年过百岁的人瑞，更能遇到树龄逾千的古树。这不是巧合，而是大自然的造化之功！

罗浮山四季如春，植被多元，再加上广袤的山体，不同山麓的植物分布错落有致，这些大自然的精灵不仅极具观赏价值，而且有治病救人的功效。据统计，罗浮山仅中草药就有1200余种。

博罗故事

Boluo Story

山灵，水清透；林茂，草药深。在此钟灵毓秀之地，呼吸着鲜氧，跟随着古老的传说，罗浮山掀开它动人的面纱，等着我们一探究竟。

朱明洞景区

“洞”是道家的说法，意指一片通幽秘境，一方绝色山地，是洞天奇景，是如画的风景。罗浮山中，除了游人如织的去处，还有清幽寂寥的别致洞天。朱明洞景区是罗浮山风景名胜区的主体景区，也是罗浮山人文景观最为丰富的景区。

白莲湖

一进景区山门，缓行几步，就能看到荡漾的白莲湖。白莲湖以白莲得名，相传明朝四大才子之一的祝枝山曾记述湖中白莲："千万计，花过巨，中大如盖，微风吹之，撼撼如玉石切磋之音。"柔嫩的莲花在诗人眼中竟然具有玉石般的质感，古人爱莲，更爱莲花背后的想象。如

今，湖中建有湖心桥和湖心亭，湖内有锦鲤四万多条。漫步其中，世间的一切繁琐庸俗，都被抛之脑后，此时只愿自己是天地间的一条鱼，游弋在朵朵白莲之间。

会仙桥

会仙桥位于白莲湖畔，桥面用弯石砌成，桥板正中刻有台湾爱国诗人丘逢甲书写的“会仙桥”三个遒劲有力的朱笔大字。会仙桥相传与苏东坡有关，当时他在惠州做官，天性自由旷达的他，一日游罗浮山，归途来到桥前，无奈桥木折断。此时，他正好遇到一位老翁，便向他求得毛竹尺许，原以为长度不够，难以应用，结果却尚余尺许，桥即刻搭成。当苏东坡想向老翁致谢时，老翁却早已不见人影。后人为忆仙人，修桥为念，曰“会仙桥”。

冲虚观

路过一池碧波荡漾的白莲湖，走过写满故事的会仙桥，再经过拾级而上的七座小桥，便来到香火缭绕的冲虚观。

东晋咸和二年（327年），葛洪第一次来到罗浮山。原本计划西去广西就任的他，折服于罗浮山的美景，随即弃官在罗浮山中结庐炼仙丹，庵名“都虚观”。从此以后，罗浮山就成为古往今来人们心目中的道教圣地。宋元祐二年（1087年），宋哲宗下诏赐名“冲虚古观”。虽然光阴千载，但是历代均有修葺，古观至今保持完整。冲虚观掩映在苍松古柏之中，环境清幽静谧。冲虚观平面呈四合院布局，观内有殿宇五重。屋脊、内外博风、墙体均饰以大量的灰雕、陶塑、壁画，题材包括人物、花、山水、博古、书法等，具有较高的艺术价值。

洗药池

冲虚观后山东侧，有一个八角形水池，形如八卦。面积虽不大，不过15平方米，却是当年葛仙和其妻鲍姑洗制中草药的地方。葛洪曾经在《题洗药池》中写道："阴洞冷冷，风佩清清，仙居永劫，花木长荣。"在洗药池畔，洗去尘世的羁绊，返回到一派天真之中。池畔耸立一座椭圆形巨石，宽4米，高3米，是古时钓鱼台石。石正中刻楷体"洗药池"，左边刻有丘逢甲吟洗药池诗："仙人洗药池，时闻药香发，洗药仙人去不还，古池冷浸梅花月。"

炼丹炉

在洗药池的东侧，一座用24条青石按照道教阴阳八卦图砌成的丹灶，就是当年葛洪炼丹的地方。丹灶正面，凝重的玄色丹炉上刻有“稚川丹灶”四字。高达3.54米的炼丹炉放置在八角青石基底之上，分别刻着乾、坤、震、巽、坎、离、艮、兑八卦符号。在丹炉的四周雕刻有吉鹤、麒麟、琪花、瑶草等图案，四角有飞云走龙的浮雕，顶端为葫芦的形状。相传当年葛洪利用此炉历经七七四十九天炼出九转金丹，最后羽化登仙。

仙人床

双燕亭内，有一块宽厚的石板，“仙人卧榻”四个字是空瞻道人题刻。它紧靠岩侧、清爽平滑，据传当年葛洪和他妻子鲍姑，在山上采集中草药材，累了，就在此休息，这也是他们夏日纳凉憩息的地方。此石块不足6尺，但奇特无比，传说只要在上面躺上片刻，不仅可以消除疲劳，而且还可以治疗腰酸腿痛。

飞来石

飞来石位于蓬莱径一块巨石上，距桃源洞天30米。相传在一个雷电交加的夜晚，忽然传来一阵霹雳巨响，第二天巨石岩顶上便多出一块高达两米的石头。不久，有游僧自桂林来，说道某天风雨夜，雷神击穿桂林月亮山，凿开两人高的大洞，但碎石不知去向。因为这两件事发生的日期相近，人们就此认定此石从桂林飞来，故在石上刻“飞来”两个大字。无论真假，这一块栉风沐雨的顽石，历经岁月的风吹雨打，依旧屹立不倒，就像罗浮山的守护神，从天而降，守卫着一方的水土和百姓。

飞云顶

飞云顶，罗浮山主峰，海拔1296米。飞云顶上的日出可以媲美泰山日出，站在顶上，看太阳东升，阳光缕缕，照进大地，感觉世界的脉动，享受久违的舒畅。

除此之外，飞云顶还以云雾缭绕的奇观吸引着各地的游客。特别是在雨后初霁的时候，飞云顶上白云漫卷，此时站在山顶，早已分不清自己是在人间，还是在仙境。

人·暖

谈到罗浮山就不能不谈到葛洪，正如陈抟之于华山，王重阳之于终南山，孙悟空之于花果山。葛洪少时业儒，遍读群经，在目睹国势凋零之后，放弃仕途，来到罗浮山。来到罗浮山的葛洪如鱼得水，跟随岳父鲍靓学习，完成医药著作《肘后备急方》。这是一部被称为“中国古代急救手册”的图书，书中记载：“治疟病方……以水二升渍，绞取汁，尽服之。”屠呦呦受此启发，成功提取了青蒿素。时至今日，青蒿素拯救了数百万发展中国家的生命，解除了数亿人的病痛，被称为“中国神药”。

葛洪不仅在医学上造诣深厚，而且在化学、哲学、文学等方面也颇有研究，做出了举世瞩目的成绩。不同于一般将养生局限在草药之中的自然科学家，葛洪还善于总结养生规律，提出“寿命在我不在天”的著名论断，将养生理念上升到哲学的高度。

有一句俗语讲到：每一个成功的男人背后都有一个女人。毫无疑问，鲍姑就是葛洪华丽的历史身份背后的那个女人，那个籍籍无名却赫赫有功的女人。鲍姑的伟大之处，不在于其是葛洪的妻子，而在于她是第一位女针灸家。如果要撰写一部中国女医家史书，鲍姑当之无愧名列其中。

据史料记载，鲍姑自幼在父亲鲍靓的教导下，对道教颇有兴趣。嫁给葛洪后，成了葛洪的得力助手，葛洪著作中有很多关于灸法的急救术，与鲍姑高明的灸术不无关系。葛洪在罗浮山仙逝后，鲍姑到广州越岗院一面修道，一面为百姓治病。鲍姑医术精湛，尤长于灸法，最擅长诊治赘瘤和赘疣。她因地制宜，就地取材，以当地盛产的红脚艾进行灸治，取得显著疗效，解救病患无数，人们尊称她为鲍仙姑。历史不会忘记她的功劳，如今在岭南地区还分布着各种纪念鲍姑的祠堂建筑。

历史传统不会随着时间的流逝而尘埃落定，而是会像基因那样烙进我们的每一个细胞深处。葛洪、鲍姑的故事虽然已经过去千年，但是他们的遗泽仍然在这一方美丽的水土上孕育着勃勃生机。

2016年，博罗县人民医院骨科医生王文合在广州军区总医院经过3个小时漫长的采集过程，顺利完成了造血干细胞的采集，他用实际行动诠释了何为“医者仁心，大爱无言”。

在成为一名无偿捐献造血干细胞志愿者之前，他还是一位无偿献血志愿者。从1997年开始，十几年来无间断，几乎每年都会去献血。

荐我热血，点燃他人生命之光。王文合是葛洪精神的遗泽，而这些在博罗都不过是平常事。截至2016年第三季度，博罗县共有3人荣获“中国好人”荣誉称号，3人荣获“广东好人”荣誉称号，61人荣获“惠州好人”荣誉称号，33人荣获博罗县“道德模范”荣誉称号。目前，博罗县已经建立第一批好人工作室8个，通过好人工作室，让好人精神得到更好传播。

懿美的人情让博罗这片山水之地，充满温情。这种对生命的守护，对自然节律的敬畏，对人类的关爱，就像罗浮山上的草木一样，历万年而常青。

神·游

“山不在高，有仙则灵”。罗浮山不仅山高，神仙也着实不少。其中不仅有羽化登仙的葛洪、鲍姑，还有传说人物道教八仙。仙班济济，其中尤以黄大仙最可爱，也最惹人着迷。

黄大仙本名黄初平，8岁牧羊，15岁学道，追随师父葛洪16年，直到师父逝世。是什么让黄大仙从一个放羊娃成功地位列仙班？而且还迥异其他仙人，成为一名长期活动在人间、长生不死的“地仙”？

黄大仙性格放浪形骸，因此葛洪之妻鲍姑赠予他“黄野人”的诨号。黄大仙在道教之中的形象，正如济公在佛教、子路在儒家之中的形象，都以除暴安良、救苦救难但略带草莽气质的形象为人所喜爱。

关于黄大仙治病救人的传说很多，其中就有一例：从前有一个樵夫在朱明洞边砍柴，忽然脚上的毒疮红肿发作，疼痛难耐。正在此时，也许是大仙对人间疾苦的感应，他来到樵夫的身边，随手削下树皮捣烂，亲手敷在樵夫疮口。不到半晌工夫，伤口愈合，堪为奇迹。樵夫正要答谢这位老翁，却发现对方已经消失得无影无踪。为善不图人知，全凭自己的良知，黄大仙的故事在今天读来，仍让人感动不已。

黄大仙外表洒脱逍遥，甚至有些不修边幅。不加修饰的外表让大仙与百姓打成一片，没有半点儿的距离感，“急人所急，救人危困”，使大仙成为当地民众真正的朋友。

如今黄大仙的名声早已走出罗浮，成为港澳台、东南亚等地区华人时常供奉的神灵。在众多仙人当中，黄大仙被称为“南海第一尊神”。

神仙传说自然不可全信，但是黄大仙那种肆意生活的态度，不畏强权礼法，只为天下黎民着想的赤子之心才是当今社会人心所匮乏的品质。大仙之所以位列仙班，却又不是天仙，只能称为地仙，和黄大仙对人类的同情与热爱分不开。正如著名哲学家罗素所说的那样：有三种激情支撑着他活着，其中一种便是对于人类苦难痛彻肺腑的怜悯。如今，仍然游走在罗浮山乃至人世间的黄大仙正是这样一种人——因为深深眷恋着人类，所以不忍离开他们。修行的极致，人间即是仙境。

道教神仙大多从凡人修炼而来，黄大仙也概莫能外。读着葛洪的《神仙传》有时并不是读神仙故事，而是潜下心来，思考故事之中的人物性情。神仙终究不是某种超越凡人的异类，而是人群之中某类人的极致。

我们知道让自己的身体常常亲近自然，让我们的心灵时常回归最初的起点，时间并不能剥夺什么，那个时候我们修养的不仅是肉体，更是一颗自在安详的内心。

博罗故事

Boluo Story

TRAVEL TIPS
罗浮山
旅行贴示

01 Luofu Mountain View Route 罗浮山一日游路线推荐

人间仙境 > 白莲仙茗 > 曲水流觞 > 荔德园 > 冲虚古观、星宿广场 > 东江纵队纪念馆 > 葛洪衣冠冢 > 索道下站台 > 天象台、长空栈道 > 鹰嘴岩 > 元帅楼 > 将军楼 > 稚川丹灶、洗药池、东坡亭 > 青蒿园、过江龙 > 点将台、大礼堂 > 龙园 > 梅山别梦 > 祥云薄日

02 Travel information 交通信息

公共汽车交通

1.广州天河客运站和深圳罗湖车站均有发往博罗中心汽车站的长途汽车，约30~60分钟一班

2.博罗中心汽车站发往罗浮山的旅游专线，约15分钟一班。

03 Traditional food 传统美食

酥醪腊肉

阳光下晒得透明油亮的酥醪腊肉，无论是清蒸还是干炒都是超级美味。

酥醪菜干

秋季用来煲汤喝，清甜可口，有清热下火及润肺之功效，为上乘之汤料。

罗浮仙酒

采集山中各种名贵药材，用自酿的米酒，配合而成，酿制各种类型的药酒。

艾粄

沿途进入酥醪村，会看到居家勤劳的村妇，亲手制作客家特色小吃艾粄。

甜茶

采天然生长在罗浮山上的独有茶种，用传统工艺精制而成的特产。

荔枝木窑鸡

由荔枝木烧制而成的窑鸡，夹杂着一股淡淡的果木清香，荔枝木窑鸡是吃货首选。

山水豆腐花

用黄豆为原料加上罗浮山特有的山泉水，采用传统工艺和现代科技研制而成。

04 Recommended accommodation
推荐住宿

罗浮山逍遥宫木屋别墅

订房热线：0752-6668888

罗浮山玉兰度假酒店

订房热线：0752-6669990

惠州罗浮山佳适尚品酒店

订房热线：0752-6900999

罗浮山风光假日酒店

订房热线：0752-6331788，6667833

罗浮山乐逸阳光假日酒店

订房热线：0752-6815588

罗浮山食为先酒店

订房热线：0752-6668663，13126333376，13138394389

走进博罗，便是走进了许多这样的小城。它们有悠长的故事，淡淡的回忆和随风逝去的时光，牵着你打开尘封在历史空间中的信笺，慢慢触摸着小城的过往。

有人说，生活总是匆匆忙忙，紧紧张张，还来不及讲完一个故事就已经筋疲力尽。那就在这一次旅途中，品几盏客家的茶，慢慢走进这些小城，走进这些旧事，在这里找回失落的回忆，找回自己。

博罗故事

第二章

小城·旧事

罗阳街道

葫芦岭的传说

故事是从博罗古城东侧的葫芦岭开始的。

葫芦岭地处东江北岸，又名浮碇岗。清屈大均所著《广东新语》云：“浮山有二碇石。其在博罗西者日浮岗。在增城东者日焦石岭。”又云：“自惠阳东下。两山夹江。忽一峰横出中流，形如葫芦，谓之葫芦岭。博罗县城环之。”这里有一处新石器晚期贝丘遗址，已历尽4000多年风雨。来到此处，至今为当地人津津乐道的，是那“葫芦吐九珠”的古老传说。

相传古时的博罗城是一块平地，在东江之滨，几乎年年遭遇暴雨和洪水的侵袭。每到灾年，博罗城被洪水淹没，老百姓毫无逃生之所，不知多少生灵葬身。有年洪水泛滥，人们在洪水中呼救，形状极其悲惨。八仙之一的铁拐李路过此地，见此情景，恻隐之心油然而起。他在腰间摸到装酒用的葫芦，犹豫起来。何仙姑明白了他的心思：“铁拐李，舍不得？救人要紧啊，舍了葫芦，我再给你一个。”“那便好，我就舍了！”铁拐李把葫芦丢在东江边上，葫芦瞬间长成了一座小山，后来人们便叫它“葫芦岭”。

浸在洪水里的人见有山，都争着往上爬，很快就把小山挤满了，还有许多人浸在水里。何仙姑很是心焦，铁拐李说："别急，我有办法！"他对着葫芦轻轻吹了一口仙气，喝一声："吐！"只见那葫芦连续向外吐出了9颗珠子，散落在城内外，变成了9块高地。人们见有了高地，便纷纷逃到上面。从此以后，葫芦山和这9块高地便成了洪水期间博罗人逃命的地方。在今葫芦岭公园人口处和人民公园、休闲公园中央，都竖有一座铁拐李塑像。

当地有"博罗八景"，其中一景叫"浮碇朝曦"，说的是在葫芦山上观赏朝霞日出。清晨登上葫芦岭，转过庙宇，走过亭台楼阁，眺望东方的朝阳冉冉升起，彼时霞光灿烂，一江碧水，波光粼粼，似深碧夜空里的繁星，送别远去的画船。山下林竹轻曳，殿影嵯峨，庙宇晨钟，敲散两岸迷离的雾霭。若是看过这晨时的光，听过晨时的钟，山河之壮丽令人热泪盈眶。日落时分又遇晚霞，西江之水姹紫嫣红，水鸟低翔，渔歌互答，极目远望，水天一色处远帆点点，在这黄昏的画卷里，葫芦岭仿佛成了众生的故乡。

至今，也已分不清究竟是仙人的故事选择了葫芦岭，还是葫芦岭的传奇引来了仙人的驻足，人们总是愿意相信，也喜爱怀念。

行走在博罗，一天的忙碌后，街角的老人时常坐在小城的落日里，为嬉闹的孩子们讲述着关于仙人的遥远故事，那些泛黄的对白落在孩童似懂非懂的眼睛里，落在晚霞里，落在朦胧的月影里，沉沉睡去。

穿越时空的旅人

观音阁镇

走过很多古道西风瘦马，看过很多小桥流水人家，然而走进观音阁的时候，看到小桥古道与市井烟火参差交替，才会慨然而叹，原来古旧时光与当下人生也可以如此朦胧而交错，令人忘了时间，也忘了地点，仿佛成了穿越时空而来的旅人。

观音阁镇位于博罗县东部，古时称“埠鹅古镇”。“埠”本义指停船的码头，这个名字纪念了观音阁往昔作为东江一大码头的繁华。千里东江河流湍急，只有行经观音阁的时候才放慢了自己的脚步，似乎也像游人一般被两岸的苍山翠竹吸引，平和地跟这块大地相守千年。

当年从梅州、河源等地乘船南下求学经商的旅人们停留的第一站便是埠鹅，经历了几日几夜的行船颠簸，他们在这里驻足歇脚、买卖交易，周围的乡人们也都聚拢而来，临江的旅店和商铺鳞次栉比，一派热

闹景象。从此，埠鹅的店铺渐多，手工作坊生意红火，百姓逐渐富裕起来。他们认为这一切受恩于观音娘娘，遂把镇名改为“观音阁”。

埠鹅古寺位于观音阁圩上龙颈脖南端的小石山上，通往观音阁的青石板小路显得愈发宁静古朴。走过庙前的青砖瓦房，似乎已身在古老仙境。据碑文载：“兹埠鹅一寺，创于明盛。”传说灵人钟其常年栖身寺内。一天夜里，观音托梦给他“埠鹅古寺一大宝刹也”。钟其梦醒，步出寺门，果见“埠鹅古寺俯瞰清流，前望马鞍（山名），后枕磐石（地名）”，于是就在寺主殿设置观音堂，神台主位供放“坐莲观音”，左右分列铁扇公主和红孩儿，晨昏朝拜，古为一大宝刹。后人撰联专记此事：“观吾禅机指觉路，音传佛语点迷津。”

这里供奉的观音娘娘有着600余年的香火。当地传说一条石角巨龙曾在此兴风作浪，残害生灵。一位叫赛布的英雄立志学艺，决心消灭巨龙为百姓除害。赛布学成武艺，师父告诉他如果不能打败巨龙，紧急关头，可以化为一座大山镇住恶龙。历经一场恶战之后，英雄牺牲了自己，化为大山，困住了巨龙。这就是观音庙盘龙崖的来历。然而石角龙被困住后，依旧能呼风唤雨，地动山摇。终于，观音娘娘坐在山上彻底制服了巨龙。这便是观音庙的来历。

观音庙埠鹅古寺的两侧还分别供奉着天后宫妈祖和唐朝魏征的神像。观音阁是罕见的道佛并蒂之地，系罗浮山派支宗教场所。“山不在高，有仙则灵，”观音庙埠鹅古寺并不富丽堂皇，却被公认为当地最为灵验的庙宇。平日里，前来祈福的人不多，但到了特殊节日，尤其是二、三、四月份和庙堂的庆诞日前后，不仅当地百姓，更有来自广州、深圳、东莞等地的宗教界人士及信众前后来朝拜。“有求必应”的说法自然不可尽信，但求佛拜神却是芸芸信众的一份寄托。

世事沧桑，观音阁镇失去了昔日的风帘翠幕，古店古铺变成了普通民居，沿东江之岸穿行观音阁镇，绕过盘龙崖的一片开阔滩头便是码头故地。岸边零散地停泊着三五点渔船，江鸟飞过，更应王勃之言“落霞与孤鹜齐飞”。租一条乌篷游船，煮一壶博罗山茶，大雾升起，划至江心，行走在水上云端，仿佛真的穿过古老时空，与仙人仙境融于一体。

行走在这里的街巷深处，听不到商贩的叫喊声，于静谧之中能够临摹出一幅历史变迁的画卷。有的人索性停留在了这里，也有的人从这里继续出发，向更远的远方继续标注远行的足迹，在仙境与人间，在传说与世事之间游移穿越，时间久了，故乡的影子逐渐模糊，只有埠鹅的名字留在印象之中，成为那个不是故乡的故乡。

未曾遗忘的红女

麻陂镇

虽然说，有些旧事是不能遗忘的，然而，我们却无时无刻不走在遗忘中。这个世界上有太多美好的事物与故事，它们就像一颗颗珍珠，被包裹在坚硬的贝壳之中，只有足够有心的人，才能欣赏到它们的光彩。

正如王安石所说的那样："世之奇伟、瑰怪、非常之观，常在于险远，而人之所罕至焉，故非有志者不能至也。"麻陂就是这样一个地方，它四面环山，进山的道路九曲十八弯。绕过一个又一个山丘，走过一个又一个弯道，历经曲折，你才能亲近她的怀抱。

通往麻陂镇红女水库的路，仿佛要在幽暗曲折中带着人们找回记忆。

从惠河高速公路出口下来600米处，转出一片树林，便能看到一片宽阔的水面，在四周绿树青山的映衬下，闪着翡翠般的光。这就是麻陂镇人民引以为傲的红女水库。

红女水库，曾经叫冷水坑水库。从1959年9月至1961年11月，在国家最困难的时期里，男性劳动力多去参加大炼钢铁，或是支援黄山洞水库建设。为尽快改善灌溉水源季节性短缺的状况，修筑冷水坑水库的民工97%以上都是女性，当时以邓云娣为首，麻陂公社的妇女为主力军，1000多名妇女被动员起来，日夜奋战在工地上。凌晨两点，她们就摸黑起床开工，直到晚上11点才收工睡下，从月牙西垂到繁星满天，劳动时间长达16~17小时。工地上锄头式的简陋工具没有阻挡劳动的热情，肩扛手提效率太低，她们就自制独轮车运输土石。工地没有住宿地，她们就早起晚回；家中没有人照顾幼儿，就把孩子带到工地上，大家帮着一起看护。1961年春，广东省委副书记赵紫阳同志来到红女水库视察和指导工作，他紧紧握住邓云娣的手说："你们自力更生，艰苦奋斗，把这个工程不小的水库筑起来了，起到了'妇女能顶半边天'的作用。"

终于，水库建成了，水库工地指挥部获得中国妇女联合委员会颁发的题有"红女水库"的锦旗。这座风景秀丽的水库于是有了这个光荣而美丽的名字。

提起当年修建水库的旧事，麻陂镇的老人们沧桑的眼神里还会流出清澈而年轻的光。属于她们的年代已经逐渐褪色，然而时光的沉淀却让这段历史的根扎得更深，红女们的热情与汗水也早已播洒于这融融山水之中。

红女水库筑成后，灌溉了三科、永丰、横茜、金湖、塔下等地的2000多亩田地，保其在干旱之年也能丰收。红女湖作为灌溉水源的同时，现在也被规划为新的旅游节点，即将建设休闲、观光、旅游为主题的绿色生态区。

当地老人们说，如今80岁以上的人当年都修过水库，今天的年轻人已经大多不记得她们了。那时她们多数人不过20出头，便把最好的年华留在了风光秀丽的红女湖上。

年纪增长，老人们逐渐退隐，成为生活的配角。记忆也日渐衰退，有些旧事她们已经遗忘，有些旧事却随着岁月变得更加清晰。在那一段青春里，她们想要纪念的太多，关于理想，关于国家，关于民族。今天，她们也常常于赶集日在镇里的文化服务中心聚会，一起唱着属于她们那个年代的歌曲，歌声嘹亮，一如往昔。

柏塘镇有个种茶人

柏塘的故事，要从一片茶叶讲起。

客家人爱茶，古已有之。早起饮茶，入眠前亦饮茶，家家种茶炒茶，茶田遍地。

柏塘镇位于群山环绕的小盆地中，土壤肥沃、气候温和、雨量充沛，生态环境上佳，非常适合种植山茶。洋景有千亩茶田，茶树树龄大多在10年以上，亦有三四十年树龄的茶树，整齐成片，间有荔枝树，远观相映成趣。冬去春来，清明时节，洋景村里采茶人忙碌不已，户户炒茶，清香四溢，十里可闻，闻之心情舒畅。

柏塘小叶种茶，即当地人所称的柏塘山茶，是本地最重要的茶树品种，是当地山系的野生小叶茶树所生果实种籽自然混杂后，直播种植而成。山茶群种中鱼龙混杂，大叶小叶混种，紫芽绿叶相间，这样采下的茶叶亦是多种滋味混合，层次感未经精心设计，山野气息重而少了醇厚。本地人亦有培育纯种茶叶的尝试，即把具有相同性状的茶树种在一起，再将传粉后所结茶籽种下，但这样获得的茶树性状不稳定。且本地茶种开花早、易结籽，产量较低，难以进行茶叶的商业化生产。如何对柏塘山茶进行改良，成为柏塘种茶人世代探索的难题。为了获得更好的茶树品种，龙源村请来一位华南农业大学的毕业生，他叫戚超，河南人，华南农业大学硕士，经老师推荐来到这里。他发现，此处茶种独特，茶田位于群山环绕之中，摒除外界污染，生态系统较为独立和简单，有培育优质茶种所需要的环境条件。为了育茶，他一留就是三年。

戚超凭借对茶叶种植和炒茶技术的深入了解博得了当地人的信任，当地人将村中茶田都交给他打理。他的茶田里集中了深山里采来的母茶树和各类不同茶树品种。经过深入研究，戚超发现羊粪拌花生壳发酵制成的肥料才是茶树的最佳配给，他就坚持自己收集农家羊粪而不施用化肥。当地人自己炒茶时使用最传统的铁锅炒制，相比机器炒茶更有独特风味，于是他的工作间里，排列整齐的现代化设备之间，也有着一只醒目的大铁锅。

戚超闲时总爱到田间地头走走，和掩埋肥料的阿姨们聊聊今年的发酵情况，和茶农老伯谈论天气对茶叶采摘的影响。种茶、制茶、饮茶，对茶的热爱已经深入当地人生活的每一天，他深深陶醉于这样的氛围，也因此更热爱这一方山谷之中的纯净桃源。他们给戚超灵感，也以淳朴和温暖将他深深感染。如果说当初的他是因为茶叶而留下，如今龙源村民的福祉亦是他难以割舍的牵挂。

日落黄昏时，他会沿着茶山的蜿蜒小道爬上山顶，从这里远眺，可以完整地看见他3年前种下的八卦形茶树阵列。他眯起双眼，1000多个日日夜夜此刻都浓缩于浓稠的金色阳光之中。

“筚路蓝缕，以启山林”，经历多年的努力，采用先进引种技术和育种技术，戚超和他所在的研究团队培育出柏塘地区的特有品种——细叶紫芽茶。细叶紫芽茶属于绿茶的一种，芽叶却是高贵典雅的紫色；不仅颜色奇特，品质更是非凡，花青素含量可达普通绿茶的50~100倍，冲8~10泡，依旧香味不绝，让人称奇。

茶树育种年限不比草本植物，动辄长达十年八年，绝非易事。“一万年太少，于是只争朝夕”，种茶人用生命去交换比生命更长远的东西。终有一天，茶园的茶香将会香飘万里，吹进每一个饮茶人心中。

横河镇 最后的畲族人

横河镇依山傍水，初入这里的旅行者，仿佛山中的客人，无意间闯入了这一处世外桃源。

同样自称“山中来客”的，还有一个古老而神秘的部族。打开《中国少数民族分布图》可以看到，广东省并不是中国少数民族的聚集区，而就是在这样一个地区，在横河小镇，还生活着一个几乎被遗忘的少数民族——畲族。

畲族在唐代原分布在闽、粤、赣三省结合部，是闽南、潮汕的主要原住民之一。南宋末年，史书上开始出现“畲民”和“拳民”的族称。元明清时期，从原住地陆续迁徙到闽东、浙南、赣东等地的山区。他们还自称“山哈”，是指山里客人的意思。传说他们的始祖盘瓠帮助皇帝平息了外患，得以娶三公主为妻，婚后迁居深山，生下三男一女，长子姓盘，次子姓蓝，三子姓雷，女婿姓钟，子孙逐渐繁衍成为后来的畲族。这个传说不但家喻户晓，而且被载入了族谱，绘成连环式的

“祖图”，在节日里悬挂出来举行隆重的祭祖仪式，祀奉甚虔。每个家族都有一根祖杖，祖杖雕刻作龙头，这是畲族的重要图腾。畲族居民现在仍以蓝、雷、钟为主要姓氏。关于盘瓠的传说在当地有不同的版本，但盘瓠与公主隐居深山的爱情却打动着每一个来这座大山的旅人。

横河的畲族同胞主要生活在镇子西北的嶂背村一带。从1958年起，他们陆续从大山深处迁到了今天的嶂背。这里的畲族如今仅有人口大约600人。

畲族的传统服饰给人们留下深刻的记忆，由于其绚丽斑斓的色彩。畲族服装崇尚青蓝色，多用自织的麻布制成。畲族男子服装与汉族无异，而部分畲族妇女的服饰仍具有鲜明的民族风格。衣领、袖口和右襟多镶花边，有穿短裤裹绑腿的习惯。妇女的发式也与汉族不同，老、中、青不同年龄的妇女，发间分别束黑色、蓝色或红色绒线。冠上饰有圆银牌，还插一根银簪，再佩戴上银项圈、银链、银手镯和耳环，格外艳丽夺目。游人们身着美丽的畲族服饰，共同歌舞，欢声笑语间，仿佛能忘却世间烦恼。

如今来到嶂背地区的人，都会来这里的一所畲族小学。如果盘瓠的故事只是一场美丽的传说，但这所小学的故事却是令人动容的现实。小学的校长叫雷金球，是一位畲族后裔。1990年他从横河村小学回到家乡的这所小学任教，那时的小学连一口井都没有，只有稀稀落落的畲族孩子和几位手足无措的老师。他意识到畲族文化的濒危状况，为了保护畲族文化和语言，他走家串户，向七八十岁的老一辈请教，记录畲族的文化。

雷校长个子不高，皮肤黝黑，说话时双眼却炯炯有神，声音坚定有力。“我们畲族有语言，却没有文字。”他有些遗憾地说。

于是他找来了专家，编写出版了一套汉畲双语的小学教材，标记出畲语的发音，使得这个古老民族的语言得以保留。校长不太跟人谈自己的事情，说起学校来却总是滔滔不绝。他从容地叙说着民族的故事，安然守着这所山村里的小学，守着这些懵懂的孩子。在校长和企业家的努力下，嶂背畲族小学有了新的校舍，新的操场，新的校服和美丽的墙绘。

今天，当地的畲族文化早已与汉族文化紧密融合，畲族的孩子们说着流利的汉语，发出客家乡音，早已没有了先祖漂泊至此的不安，文化的相互包容像横河镇的山林一样自然地生长着。

然而，这里的一切依然有待改善。最后的畲族人，依然生活在繁华世界中失落的一角。在这里读书的孩子，衣着单薄，穿着颜色不一的拖鞋随处奔跑，依旧天真无邪。他们黑亮的眼睛，他们每一句彬彬有礼的问候，都如林间清泉般洗涤着每一个访客的心，使人回到孩童时的真挚和美好。

博罗故事

Boluo Story

杨侨镇 金龟情结

站在杨侨镇的任何一个位置，都能见到一栋高大的客家围屋式的建筑，墙壁上攀援着大片茂盛的三角梅，在小镇的阳光里开出紫红色的花朵。建筑内有万只金钱龟，人们称其为“万龟园”。

步入其中，建筑之美同养龟设施相得益彰，令人观之难忘。“这栋楼是采用围屋的形式建的，走向严格按照阳光照射的角度，确保一年四季都能让龟晒到太阳。”除了阳光外，露台还有茂盛的绿色植被，以及高达30米的瀑布，在阳光下散发着彩虹色的光芒，响声激越却不至于震耳欲聋。万龟园的穹顶上，一团雾气袅袅穿过层层叠叠的绿色植被，来客可在此呼吸着冷冽而湿润的空气，欣赏着透过极具设计感

的屋檐从三角梅缝隙倾泻下来的大束自然光。

野龟岛是万龟园旁湖泊中的岛屿，也是模拟金钱龟的野外生存状态的实验基地。岛上按照金钱龟野生环境设计，有严格的科学控制系统，游客可在此一窥保育究竟。在龟岛另一边，即是世界名龟博览园，这里将引进世界各类名龟，集科研、观光为一体。

午后日光慵懒，沿着蜿蜒上升的水泥阶梯，一层层走向万龟园的穹顶。在这里，杨侨镇的一切尽收眼底。俯瞰杨侨，小镇房屋鳞次栉比，一派宁静祥和的景象。

“在养殖了金钱龟后，镇里人们都不打麻将了，都忙着养龟，家里邻里都更加和睦了，”当地人笑着说。

金钱龟是一种濒危的古老生物，有着极高的药用价值。《山海经》《神农本草经》都有龟类食用、药用的记载，称龟甲消痈肿，而三线闭壳金钱龟对治疗奇难杂症及抗癌、解毒、消炎、益肝和补肾效果尤为明显。近年来新兴以此作为防治疾病、提高体质的饮食潮流，对治疗疑难杂症有着奇效。这种具有极高营养和药用双重价值的金钱龟，如今在杨侨镇落户为家，成为镇区最著名的经济名片。金钱龟到底与杨侨有着怎样的缘分和渊源呢？当地人在伴着茶香的闲谈中娓娓道来。

杨侨镇，原名华侨农场，顾名思义，这里曾聚居着大量侨民。那时，这里最有名的水果是柑橘，在岭南地区几乎无人不知。勤劳的侨民在这里大面积种植柑橘，漫山遍野的柑橘树成为了杨侨的镇区名片。然而时运不济，“黄龙病”大肆席卷了杨侨镇，柑橘作物病死无数，杨侨人损失惨重。但坚毅的杨侨人并未怨天尤人，他们秉持了科教精神，悉心学习、研究，终于找到了新的出路，也就是今天家家户户都养殖的金钱龟。

从曾经的柑橘之乡到如今的金龟宝地，变的是日新月异的小镇，不变的是镇里浓郁的创新和探索氛围。杨侨镇的人们仿佛有一股不服输的钻研劲儿，不断探索着生活的另一种可能。金钱龟在杨侨生生不息，用科技改变自己命运的杨侨人，也将把这种情结带给每一位来此的旅人。

TRAVEL TIPS
博罗
旅行贴示

Travel information
交通信息

罗阳街道

位于博罗县老城东侧，罗阳街道办事处附近，可乘坐博罗3路公交车在“榕桥”站下车，南行数百米即到，或者可以自驾前往。

观音阁镇

可在博罗中心汽车站坐公交前往观音阁镇，或者自驾前往。

麻陂镇

可在博罗中心汽车站坐公交前往麻陂镇，或者自驾前往。

柏塘镇

可在博罗中心汽车站坐公交前往柏塘镇，或者自驾前往。

横河镇

可在博罗中心汽车站坐公交前往横河镇，或者自驾前往。

杨侨镇

可在博罗中心汽车站坐公交前往杨侨镇，或者自驾前往。

古村的原色是什么样子?《道德经》中说“见素抱朴”，告诉人们要守护好那份素与朴，返归到人的本真淳朴的状态，博罗的古村落就拥有这“素”与“朴”的原色，守着这本真而古老的道家哲学。

你有多久没听过清晨的鸟鸣？有多久没见到晨曦里的炊烟？又在何时已经忘记了夜里的繁星满天？博罗古村会让你看到，人生天地间，那最初的模样。

博罗故事

第三章

古村·原色

酥醪村 很美很美的小村

这一次，跟随心情，自驾到罗浮山下的酥醪村。

酥醪村是罗浮山北面一块狭长的腹地，从罗浮山正门口到酥醪村大约20公里的路程，在静谧的深林中，酥醪村成了一处难得的桃花源，旅人们来这里，是逃离，也是回家。

说起酥醪，本指奶酒。清人丘逢甲作《秋怀五迭前韵》之三云："罗浮春酿慰南迁，小饮酥醪意兀然。"言酥醪奶酒给人的惬意。如今在酥醪村，当地人常常吃的却是酥醪干菜和腊肉。

若是逢上年节，便能小酌几杯村里特制的"土炮"，这"土炮"是用农家自酿的白酒浸泡山中药材而成，酒气醇香，强身健体。

干菜和腊肉自是饭桌上最受欢迎的菜品。酥醪干菜又名仙人菜，种植和加工距今已有500年左右的历史，是罗浮山著名的旅游产品之一。此菜产于罗浮山北峰的酥醪峒云海山中，由野菜制成。酥醪村的土壤、水质无污染，气候比较特殊，加上当地村民们制作干菜的独特手法，使得酥醪菜不但味美清甜，食而无渣，更有清凉解毒、润肺通肠、强身健体之功效，亦是上等的天然煲汤原料。

腊肉是用农家饲养的家猪腊制而成。精致透亮的腊肉，放入高汤炖煮，历经岁月积淀的味道，在高温的刺激下释放浓香，香气氤氲在团聚的饭桌上，给酥醪村更添了一分亲和的美。

在这静谧的桃花源里，酥醪溪从门前流过，溪水潺潺，低吟浅唱，偶尔流过惬意的鸭群，将乡村的午后唤醒。同时唤醒午后的，还有山中的白水门瀑布，人称“广东第一瀑”，海拔大概800米，直泻而下，水击青石，声声无断绝。

在这田园山色中，还坐落着有名的酥醪观。酥醪村的出名，重要原因还归功于酥醪观。在这罗岭之北，浮山之西，这座古老的道观至今游人不绝如缕。酥醪观前临荷塘，宏伟壮观，旧志赞曰：“洵栖灵之奥区，修养之福地。”是历代人的修身圣地。说起这座酥醪观，倒有不少年头，此观始建晋咸和年间(约330年)，由东晋的名道士葛洪创建，最初创建时，名叫“北庵”，后来传说安期生会觞神女于玄丘，共谈玄机，酣玄酒之香酒，醉后呼吸永露皆成酥醪，各乘飚车而去，余味散于诸天，因而易名“酥醪观”。至今，酥醪观仍是罗浮山九观十八寺中保存较为完好、名气最大的道观之一。每年神诞节日，来自广州、南海、番禺、顺德、东莞、增城等地的香客们，不畏路途遥远，前来酥醪观捐助香油。在1600多年的历史风霜中，酥醪观巍然而立，守护着当地人心中的宁静与寄托。

酥醪村很美很美，山美，水美，人美，菜品美。无论是约上三五好友，登高远眺，让碧绿的青山洗刷双眼，还是独坐幽林，让纯净的清风荡涤心胸，或者仅仅是在葛洪像前低头凝思，甚至是在酥醪村的农家小院大快朵颐，都将收获一段最闲适的纯美时光。

博罗故事
Boluo Story

井水龙村

200年的守护

相比博罗境内承载了动人传说的地方，杨村镇显示出别样的朴素。

杨村镇位于博罗县东北部，京九铁路、广梅汕铁路、205国道等均在此处中转交汇。现代交通的轨迹，向来以畅直的线条进行分割，而蜿蜿蜒蜒的小路，则是对古老村落最天然的保护。

井水龙，北回归线贯穿的村落，位于杨村镇镇政府西北方向。自明朝嘉靖年间（1522年）朱时瑛（第九世）自惠州水北迁至此，朱氏一族已繁衍生息近500年。相传朱氏先祖一日在山上放牛，打盹儿时起了山火，火势逐渐蔓延。不远处水塘里的一条神鱼当即拍打鱼鳍，溅出层层水花，熄灭了山火，这才救下先祖的命。朱氏家族感恩于此，从此不再食用此鱼，垂钓时遇见也会即刻放生，朱氏家族世代子孙，严格遵守着先祖的心意，在这里平静安适地生活。

直至今日，走进井水龙，巧夺天工的朱氏祖屋连同其他古色古香的客家围屋式建筑和碉楼依旧岿然林立，在近200年历史的沉积中，成为岭南古居民建筑典范。

干净整洁的小院里，一位面色黝黑的老伯挂着笑容缓步走来，他就是朱伯——云记豪宅的主人。云记豪宅是朱氏祖屋中最具代表性的宅邸，1829年由朱氏第20世孙朱萃瑛兴建。推开淡白色九里香掩映下的黑色铁栅栏门，踏入一户俨然的宅院。前方一片浅浅的水塘，隔开了四周成片的黄绿色稻田。房屋采用当地客家“九厅十八井”的布局模式，分前、中、后三进，共五座十五栋，计有大厅、闲厅、衬屋及以中轴线为界的62间房。每进之间各有天井，坐在宅中的石阶上，望向天井勾勒出的一方蓝天，明明净净，色彩单纯到了圣洁。阳光倾洒进来，跟随着一天内的不同时间，点缀着墙上的青砖和梁上的雕刻。

朱伯抚着墙上覆着浅细青苔的石板说：“我们家里每一处景致都是老祖宗精心设计的。”他的眼睛里闪着骄傲的微光。

朱伯说，为保证青砖的质量，工匠每人每天只能磨砖三块，要求砖块长、宽、高及底面尺度统一，平面必须光滑齐整。300名工匠整整花了三年时间才完成。而大门栋梁上的两座木雕狮子，亦用了三年的时间才雕刻完毕，涂染着金水，色彩斑斓，熠熠生辉。而宅内的栋梁、木柱、屏风等均选用各地名贵木材制作。现存闲厅壁画《太白醉酒图》则清晰地展现出当时工艺的精湛。画中李白头戴学士巾，身着白色宽袖袍，雕刻细致入微，加上观者的唏嘘和叹息，构成这幅壁画的立体生命。

云记豪宅旁的一户民居，是朱伯如今的家。朱伯从小在云记豪宅里出生、成长、结婚、生子。他是这座房子的孩子，亦是主人。从蹒跚学步起，他在62间房子的过道中留下了童年的记忆，在天井的声声爆竹中沐浴着喜事的祥瑞，在半生时光里见证着朱氏家族的老去。

他仔细走过宅子的每一处角落，哪里有几道裂痕，哪里有几处残砖，哪里有几处坏瓦，他都记得，半生时光便在对宅子的修修补补中度过了。他想要守护的不止是一栋旧宅院，更是先祖留下的家族脉搏。他说："先祖们建房子太不容易了，这个房子又建得这样好，在我小的时候，我的长辈会指着每一处壁画、每一处雕刻、每一片蕉叶给我细细地解说，我也会这样讲给我的孩子，讲给来到这里的人。"

用心守护，是朱氏家族的信念，从先祖建屋的匠人精神，到守护者的初心，出现在云记豪宅的各个角落里。在这既清静又古朴的旧庭院中，守护者们把自身由外到内沉淀下来，在畴昔里慢慢消化着古老传承的音韵。

博罗故事

Boluo Story

有星也有月

湖镇围村

罗浮山脚云蒸霞蔚，青砖灰瓦几多人家。

湖镇镇位于博罗县中西部，靠近罗浮山，景色秀丽宜人，有着古朴的村落和淳朴的民风。加之交通便利，区位优越，也是珠江三角洲的重点工业卫星镇。这样一个既诗意又现代的城镇，有着它独特的星月印记。

湖镇镇湖镇围古村落坐落于罗浮山脚下，是一个集宋元、明清、民国时期建筑文化的珍贵古建筑群体。走进这古老村寨，映入眼帘的是

岭南极具代表性风格的客家围屋建筑。纵横小巷与湖光山色交相辉映，残垣断壁与灰瓦青砖错落叠致。整个村落依山傍水，处处是景，步步入画。山水屋宇之间，宛如一座画中乡村。

湖，即一弯月牙形湖环护村外；围，是客家围屋式建筑，于是便有了湖镇围村这个名字。村子不大，百户千余人。村外缘是一弯月牙形湖塘，是村落的护城河，谓之月牙湖，紧邻南面村口，长约千米，均宽约50米，面积40余亩，呈弯月状首尾不能相见，和城墙一起环护着村落千年。

湖面微波荡漾，鱼儿嬉戏跃出水面；偶见几朵残莲，茎杆弯曲落入水中，姿态素卑而淡然，孕育着下个轮回的美丽绽放。白天，阳光灿烂地倾照在湖面上，明静的湖水中倒映着鳞次栉比的屋宇，古树和残墙的影子时隐时现，山影如睡；夜里，湖水在皎洁的月光下如铜镜般静谧，湿润了人们的梦乡。

湖塘南面是一片宽阔的稻田，相传原先沿塘堤按距离设有7座高约10米的土墩，人们称为七星，湖塘为月，故称“七星伴月”。由于20世纪70年代平整土地的风潮，如今七座土墩已不复存在。

关于湖塘，还有一个与繁衍有关的故事。村落的居民遇到要结婚生子的喜事，便会来湖边拜祭。来年若湖新出红莲，则生女孩，湖出白莲，则生男孩。虽不能详知这个故事的来源，但也可见人们对繁衍子嗣的重视。

在星与月的映照下，湖镇围北面的小段残墙亦散发着如月光辉。城墙用长方形青砖所砌，砖比现在的砖要大，此城墙原为“北镇门”楼阁，楼阁高两层，四周墙壁设有枪眼、瞭望孔。以前，湖镇围四周均有城墙环护，城墙外亦有护城河。湖镇围为何建有城墙？又建于哪个朝代？据《胡氏族谱》记载，此乃南北朝时期当朝皇帝诰命而建，距今已千余年之光阴。而《博罗县志》则另有记载：“湖镇城在县西北四十

里，明设巡司于此，故有城。”“善政巡司署在县西北四十里湖镇村，洪武四年建。”由此可见，湖镇城应该是明初洪武四年（1371年）所建，距今有600多年历史。颇有意味的是，《胡氏族谱》记述的只是传说，是浪漫的回忆；而《博罗县志》记载的是史实，在真实与回忆间游走，也是一种非常的体验。

历史的车轮从来不会止歇，千百年的风霜雨雪中，多少传说故事，多少古老建筑已消磨殆尽。这永久的星与月，这断壁残垣，镌刻着浪漫的回忆，令人充满“但愿人长久，千里共婵娟”的永恒挂念。

古村的美，是庄重的，也是诗意的，是新奇的，也是非凡的。千百年前的星月在岁月氤氲中逐渐褪色，千百年后的星月依然照着平静的村落，讲述着那些朦胧的往事。

从前慢

旭日古村

一条条麻石路，一间间民居，一进进祠堂大院，一棵棵百年橄榄树……这座距离罗浮山仅有5公里的古村，叫旭日古村，位于罗浮山脚下。每天旭日东升，第一缕阳光就照在这片土地上。远远望去，青砖黑瓦在荷叶摇动的碧波之上，静穆自在，十分安然。

被称作“蔚园”的陈百万故居是旭日古村的核心建筑，也是岭南民居建筑的活化石。陈百万原名陈瑞，白手起家，经过艰苦的创业最终成为岭南富商。

蔚园建于乾隆年间，历时4年完工，共有90多个房间，建造宅邸能有如此恢宏气派的手笔，也足见这位走南闯北的生意人的阔绰。由蔚园东门进入便是主屋正厅，如今供奉着先祖牌位。两侧错落着门廊、墙壁、石柱的部分，左右隐藏的豪华厢房、花园、院落、天井等建筑，伴随着脚步的移动一一展现。蔚园半遮半掩，遮掩之下又别有洞天的表达，低调沉稳，与陈百万驰骋商场，纵横捭阖的创业精神形成鲜明的共振。

蔚园的后宅是一座古榄园，共有68棵橄榄树，每一棵树都有上百年的历史，树干粗壮，枝叶繁密。100多亩的古榄园绿荫蔽日，一派幽深气象。这些橄榄树是陈百万在修建蔚园的时候栽种的，因此被称为“招财榄”。

宽达3米、长约10公里的千金出阁大道，是陈百万为了让女儿安心出嫁，方便日后两家往来而修建的麻石路。这条麻石路从陈百万故居直通同县湖镇女婿家门，历时一年铺筑而成。千金出阁大道，严丝合缝，不仅写满了陈百万对女儿浓浓的爱意，更是古人对婚姻郑重的承诺。从前的爱情总是那么慢和专注，一条麻石路修过去，便不再回头。

恰逢古村中有男丁诞生，全村敲锣打鼓，聚集在村中祠堂内，庆祝新生命的到来。“灯”是客家方言“丁”的谐音，灯灯相续寓意着宗族繁衍代代不息。古村的祠堂在这一天，再一次张灯结彩，寓意多子多福的朱色对联分列祠堂门口两侧。壮年男子个个腰缠红色丝带，十几个男儿赤膊挥舞着手中的锣锤，站在中央的是一位打鼓的中年男子，他是整个乐队的总指挥。只见他站在高凳之上，双手挥动着鼓锤，鼓点时而急促，时而激昂，落在牛皮鼓面之上，场面喜庆热闹。这种鼓名叫龙华大鼓，高达一米八。因此非身材魁梧，臂力过人

的男子不能驾驭。热闹的鼓点，震响了古老的乡村，也唤醒了村民对美好生活的向往。

来到祠堂，村民都放下了平日逐利之心，在这片神圣空间里，有时迎接新生，有时缅怀先祖，就像一群失散多年的游子终于寻找到故乡，村民在祠堂里找到了自己生命的起点与终点。一座祠堂，沟通了生死，联通了子孙。青苔绿草爬满祠堂的砖缝瓦间，见证了历史的层叠与时光的印记。

放慢脚步，踩在厚实的石板上，看看精致的木雕石刻，任穿堂而过的清风抚慰躁动的心灵，我们才会发现旅行的真正意义。从前的日子总是那么慢，从前的爱人总是那么暖……

花园村 珠三角的香格里拉

在横河，大片的禾田水稻，优越的自然生态环境成了小镇独有的标签。

金灿灿的稻田和清澈的流水滋养了横河镇的居民，无论是畲族还是汉族，这里的人们对于泥土和水的敬畏更比别处多了十分。也正是因此，横河不仅是畲族先祖们避世的桃花源，也成了今天久居闹市的旅人的桃花源。

闻着稻田与泥土的芬芳，从镇子的西北向东南，沿着堪称“九曲十八弯”的盘山公路缓缓而行，路的尽头是被称为“珠三角的香格里拉”

的花园村。

花园村距横河镇8公里，全村人口1600多人，有徐、罗、张三姓。正如陶渊明笔下的渔人去往桃花源的路，“初极狭，才通人，复行数十步，豁然开朗。土地平旷，屋舍俨然，有良田美池桑竹之属。”那豁然开朗的平旷之处，便是花园村。传说盘古开天辟地之后为了避世，选择了白马山下的一片世外桃源安家，但一直没有找到安放神斧的地方，就把神斧暂放在家门后，然而神斧法力太强，将屋后的地劈开一条小邗沟，使得这一带滴水不进、寸草不生。女娲补天后，目睹此情景，甚是不忍，于是将五色石末撒其上，瞬时山泉汩汩而来，滋养大地，五色石末变成了五色的花朵，盛放于漫山遍野。后人到此地，见小河边有盘古石像，于是修建盘古庙，安家于白马山下，并命之为“花园”。

村中溪水横流，在山南水北的阳处，生长着一棵树龄500年的古秋枫树，高25米多，周长8米多。当地人喜欢称它千年古枫树，这和具体的树龄无关，而是一份对古老根脉的敬畏。扛着锄路过的村里人说：“这棵树啊，不知道多少年以前就有了，村里有人觉得它没用要砍了它来用，但我们终于拦住了，你看这树干，要五六个人才能围抱起来。”他们虔诚地相信，这棵古枫是风水树，是作为一颗龙珠挡住黄龙洞的龙头火气。每逢初一、十五，当地村民都会到此烧香还愿，以保平安。而来此的游人，也会在树旁留下祈福的丝带或福牌。

从陶渊明生活的东晋时代至今，1500多年过去了，后人对隐逸桃花源的追寻和向往依然不止，桃花源成了中国特有的文化符号。世间风起云涌，悲欢离合，人们叹息着生命的旅程无非是不断地失去。还好，罗浮山的北麓还隐着这样一座横河古镇，静默地永恒着。

时光仿佛在这里静止，山客、荒村旧落和古树老井，千百年来一如初时。每一次的抵达都让心灵回归宁静，给流落在城市中的旅人以抚慰，回到最初的家园。

西群村

西群村 生活在竹林深处

横河镇的西群村，以竹木著称。竹，在中国儒家文化中占有重要的地位，所谓岁寒三友：梅、松、竹，竹乃其中之一。

进入西群，村口就有偌大的竹笋标志。途中更是满眼的郁郁葱葱，竹影斑驳。山间、河岸、路边，都是竹。生在野外的竹，枝叶扶疏，别有真态。风来时，浩瀚竹林便成了阵阵竹海，迎风摇曳，竹与竹之间碰撞出悦耳的窸窣声。徜徉在萧萧竹海间，躁动的心都会不由自主地安定下来。

在当地人心中，竹是祥和安宁的守护者。于是，他们用“竹报三乡”来概括西群村的特点：寿星多、喜事多、食福多。

西群村的好山好水好竹林，安宁祥和的生活氛围，无疑是长寿的最好条件。村里的百岁老人颇多，更是受到大家的尊敬和敬仰。长寿的观念，多少得自于道家对延年益寿的热衷，生活在竹林深处的西群人，似乎在不自觉中便进入了道家别有洞天的修身养性之所。

除了道家，佛家和儒家的思想渊源也影响着这群生活在竹林深处的村民，他们习佛道义理，受孔孟教化，村中出了不少升官入仕之人，喜事多多。

而所谓食福，便是让来到西群的旅人记忆深刻的生态资源。当地的农家乐旅游项目开发两年来，品牌效益不断提升，吸引了众多游客前来休闲度假，“到罗浮山旅游，来西群农家乐吃饭”逐渐成为游人的共识。西群的柑橘最为引人，颜色略青，味道却十分特殊，从甜度、酸度上来说，都恰到好处，多一分腻味，少一分不足；当地农庄的葡萄，更是博罗的独一份；还有西群的紫薯、稻谷、腊味，都胜出别地一筹。每年3~5月，可以来到西群村采摘到号称“开春第一果”的三立枇杷果，与普通的果实相比，三立枇杷成熟度高，果实更大，清甜鲜美，肉质柔软。

这个隐藏在竹海中的小村，总是隐隐地藏在旅人心中的某个角落。古时文人墨客留下了大量的诗篇咏诵竹，在李颀的诗里，竹是“秋声万户竹，寒色五陵松。”在刘禹锡的词里，竹是“斑竹枝，斑竹枝，泪痕点点寄相思。”在秦观的词里，竹是“风摇翠竹，知是故人来。”竹，可刚、可柔、亦冷、亦艳，正如那竹林深处的西群。

博罗故事
Boluo Story

TRAVEL TIPS
博罗
旅行贴示

01 酥醪村

交通信息

1.广东旅游：省长途汽车客运站(广州火车站右边约200米)每天有多班高速直达客车往返广州至罗浮山，票价：40元/人。

2.如要自驾，长宁澜石村到酥醪村普通土路及崎岖盘山路约17公里。建议最好选择底盘高的车如面包车或吉普车为好，冬季勉强可通普通小车。

行程规划

建议两天时间，第一天从广州出发到酥醪村，下午游玩，可选择在酥醪村的客栈住一晚，或者下午爬山到白水门露营。然后第二天下午回程。

02 井水龙村

交通信息

井水龙村位于广东省惠州市博罗县杨村镇，可乘坐博罗中心汽车站公交前往杨村镇，或者自驾前往。

乡村美食

丝苗米：米质油光透明，米粒尖细均匀，口感软滑，饭味香浓，是宴客主食佳品。

三黄鸡：该鸡肉质肥厚，皮脆嫩滑。凡是有喜庆节日或亲朋好友来访都作为宴客主肴。

麦粄：井水龙村民在春节过后，春耕前都有吃麦粄的习俗。

裹蒸粽：粽子是井水龙村人端午节的节日食品，制作有甜粽和咸粽，美味可口。

03 湖镇围村

交通信息

湖镇围村位于惠州市博罗县湖镇镇，可乘坐博罗中心汽车站公交前往湖镇镇，或者自驾前往。

乡村美食

炸扣肉：湖镇村的特色菜，特色是香、软，肥而不腻。

扒鹅：湖镇村的扒鹅与其他村的扒鹅味道有所不同，味香而浓郁。

萝卜粄：每到冬至，湖镇村人都会做“萝卜粄”，表达缅怀先祖及合家团圆之意。

油麻糍：软韧适中，香甜可口。湖镇村人做油麻糍会在清明、重阳前后。

湖镇粽：粽子是端午节的节日食品，采山上鲜粽叶包裹，咸草缠绕而成，风味独特。

04 旭日古村

交通信息

自驾线路：济广高速公路，龙溪出口下高速，往龙华方向驶1.3公里。

公交：环罗浮山旅游A线到旭日古村落站下车，步行至古村。

乡村特产

华翠牌豆角：以质优、高产、青绿、爽脆、无公害而著称，远销省内外。

冬瓜：声名远播，质优价廉，一年四季都可以种植，以冬夏季节收获最为丰富。

05 花园村

交通信息

花园村位于博罗县横河镇，可乘坐博罗中心汽车站公交前往横河镇，或者自驾前往。

乡村特产

山茶、腊味、坑螺、山坑鱼、土鹅、土鸡、土鸭、土猪、地瓜、薯、艾草、野菜。

06 西群村

交通信息

公共交通：西群村位于博罗县横河镇，可乘坐博罗中心汽车站公交前往横河镇。

自驾线路：沿惠博大道往博罗方向→罗阳大道→北环一路→中部通道（沿X217线）→到横河镇政府往帆美酒店方向走300米，看见往西群村路牌后左转直走3公里即到西群村口。

乡村特产

竹笋、柑橘、枇杷、紫薯、稻谷、腊味。

博罗故事

第四章 暗香·浮动

气味是一种神奇的东西，它无法被描述，只适合回忆。无法被模仿、被复制，唯一能够接近它们的方式就是，下次相逢时候被重新唤醒。在博罗，每每走进一个镇子，或者是一处风景，总有香味儿像调皮捣蛋的孩子那样，冲入鼻腔。这种香味，一旦唤起，就如此深刻地植入记忆，在心里种下想要重温的美梦。

象头山 山林木香

象头山是国家级自然保护区，目前正在向成为世界级自然保护区的目标冲刺，在人口众多、熙熙攘攘的北回归线上，象头山是一片难得的绿色海洋。

据明朝黄佐所撰的《罗浮山志》记载，象头山的名字有一个颇为温柔动人的由来：唐代女皇武则天派遣使者来罗浮山采药，然而山路高峻险阻。罗浮山神见状便请天上神象为使者踏山开路。在象群之中，有一头最为高大的神象因为依恋罗浮仙境，久久不愿离去。行走到罗浮山脉东麓时，这头神象索性长卧不起，任由鞭笞，就是不走。驱象天使无奈，只好将它一剑毙命。这神象面朝南海，庞大的身躯逐渐化为

平坦的山谷，四肢和脊柱逐渐化为大小峰峦，坚厚的象皮也变为纵横的阡陌，那象头化为高峰，却依然回望罗浮山，神象自此永远伏在这一江春水之侧，遥望罗浮仙境。

驱车进入象头山，象岭上的浮云流动，有时虚无缥缈，有时波澜壮阔，似乎是天庭对神象未尽的怒气。走出车来，首先让你难忘的不是层层叠叠、涨满眼帘的绿色波浪，而是呼吸间闯入喉咙里极甜极香的清冽。这种清冽里面带有大自然的气息，有花粉的味道，也有不同木质在不同季节、不同年龄的味道。

象头山深处的古木，年长的有上千年，年过上百树龄的古木更是数不胜数。自从入山的那一刻起，无须特别敏感的嗅觉，擎天的古木散发出木质特有的香气，把人带进一个森林王国。

再往里走，有时还会幸运地邂逅一阵异香。当你鼓起勇气，继续探索时，会发现一丛躲在荆棘里的兰花。兰花的叶子就像墨绿的秀发，油光发亮，潇洒脱俗。兰花的香气就像妙龄少女的体香，淡雅纯净。

沿着溪涧沟谷继续深入，老死的乔木七横八竖地倒在落叶上，上面长满茂密的青苔，低下头来，你会嗅到一股苍老的味道，那是树木死去的气味。表面上看，象头山上四季如春，绿意盎然，但是在森林的深处，无时无刻不发生着生老病死的交替。

春天，百花齐放，森林里各种奇异的野花竞相开放，花朵的味道随着春风的吹拂，弥漫整个山林。

夏天，盛暑难耐，苍天的古木此时也需要流汗降温，树脂的气味在燥热的空气中飘荡，树木凉快了，嗅到木香的行人也感到精神一震，重新迈开新的脚步。

秋天，山里的野果挂满枝头，香甜的味道不仅吸引游客的青睐，更引得天空中的鸟儿、树林中的松鼠、草丛中的昆虫集体狂欢。

大自然不仅通过颜色的变换让你感到她律动的节奏，更通过制造气味提醒你她的成长。

初步查明，象头山目前有植物1627种，其中国家重点保护植物56种，森林覆盖率将近100%。它绵延不断的绿色就仿佛是个永远也讲不完的神话，那头神象倒下后，继续以神灵、以山、以水的形式佑护着它深深爱着的象头山子民。

象头山上茂密的森林，离不开当地居民对自然的保护。怀抱着对当初造山神象的感激，当地居民仍然能够笃守一个古老的承诺，守护这片美丽的森林。古沉香林历经百年，仍然充满着勃勃生机，这背后是村民自发巡逻保护的结果。这是对森林的守护，更是对自然规律的敬畏!

托当地居民精心守护的福气，我们才可以随时随地与神明对话。无论何时在林中漫步，都是万物葱茏，它们散发着清雅的木香，仿佛有人在抚摸你的灵魂。或许此时，正是那只神象在同你嬉戏。

博罗故事

Boluo Story

禾肚里
HEDU

稻香禾肚里

横河禾肚里

人们回忆一次旅行，最为深刻的总是那些新鲜的味道，以及它们背后的文化和故事。在博罗县城西北方向，“岭南第一山”罗浮山的北麓，隐居着一座叫横河的小镇，每一个从这里离开的旅人，都会因其独特的文化韵味和桃花源般的稻香而记住它。

在横河，优越的自然生态环境中，大片的禾田水稻是小镇独有的标签。金灿灿的稻田和清澈的流水滋养了横河镇的居民，无论是畲族还是汉族，这里的人们对于泥土和水的敬畏更比别处多了十分。也正是因此，横河不仅是畲族先祖们避世的桃花源，也成了今天久居闹市的旅人休养身心的所在。

与畲族同胞所居的嶂背村同样的方位——横河西北处，还有一个河肚村，这里生长着大片的稻田，人们倚禾稻而居，日出而作，日落而息。而这片村落为更多游人所知，却是源于那座浪漫而温馨的“禾肚里”——一座筑在绿野稻田上的乡间民宿。

“禾肚里”大约4000余平方米，13栋独栋别墅镶嵌于十多亩稻田之间。倦怠的旅人漫步于腾空架设的稻田栈道，赏一片金黄；或是阖家亲人，三五好友共同耕作于屋后田园，收获陶渊明归隐后“晨兴理荒秽，带月荷锄归”的闲逸与自得。

泥土养育了稻田，养育了当地人，也养育了禾稻间的来客。当地有诗云：“悠游罗浮山，爱在璞玉兰；住进禾肚里，神仙也枉然。”

夜宿禾肚里，白天的燥热早已平静，推开窗户便能听取蛙声一片。若是收获季节，你还能闻到稻子成熟的味道，那种温暖中带有些许亲切的气味儿。蛙声、稻香，这些意象是农耕文明的遗留，也是人类儿时的记忆，这一切似乎都在提醒着自己不要忘记自己来时的路，简单生活，自然而然。

时光仿佛在这里静止，神秘山客、荒村旧落和古树老井，千百年来一如初时。每一次的抵达都能嗅到那来自农耕时代的稻香，让心灵回归宁静，给流落在城市中的旅人以抚慰，找到最初的味道，回到最初的家园。

洋景茶香

柏塘洋景村

俗话说："无山不客，无客不山。"历史上颠沛流离的客家人，主要的居住地在山区，凭借着地利，客家人自己种茶、做茶、食茶。清晨出门七件事，柴米油盐酱醋茶。而在客家人那里，吃茶可能排在第一位。

客家人爱茶，古已有之。饮茶已经渗入客家人生活中的每一处细节，仿佛如呼吸般自然。

早上起床之后，饮一杯浓酽的初茶，荡涤掉一身的暮气，迎接新鲜的白天。夜里入眠之前，喝一杯淡雅的晚茶，洗去一身的疲惫，轻轻松松与周公相会。

客家人社交也必饮茶。远方客人来访，刚进厅堂坐定，主人就需敬茶，曰："请用茶。"

遇到生命之中最重要的人生仪式——婚礼，娘家还保持有"担茶"送吉利礼的风俗。

茶叶，是上天赐予客家人的神秘树叶。年轻时，一大口牛饮，难以品咂出它的滋味儿，等年龄渐长，慢慢懂得茶香背后的味道。

客家人遭遇战乱挫折，从中原到边陲，变换的是人生际遇，不变的却这些际遇背后的味道，细细品来，都是苦中带甜的味道。这种味道是如此的立体，以至于它要求品茶人自己必须是一个立体的人，方能吃出茶中真味。

茶味的立体不仅与人有关，更与一方水土有关。如果说是人赋予茶味以灵魂，那么一方水土则赋予茶味以躯体。洋景茶香的秘密，需要在客家人过去的家谱历史之中去寻找，也需要我们放开脚步，在洋景茶山之中探索。

洋景茶园位于群山环绕的小盆地中，四周的高山给它树立起一道天然的屏障。这里土壤肥沃、气候温和、雨量充沛，生态环境上佳，是种植山茶的绝佳之地。放眼望去，千亩茶田，郁郁葱葱，蔚为壮观。

茶园里的茶树树龄多在10年以上，有时还能有幸邂逅树龄已过40年的老茶树。整整齐齐的茶林，绵延不绝，触目皆绿。穿行其中，偶尔会感到有丝丝凉意，那是叶片残留的露水沾湿了衣裳。空气中氤氲的水汽与茶叶散发的挥发性物质交融在一起，行走其间，仿佛自己就是在茶香之中漫游的鱼。

茶田一年四季都可以采茶，其中以春分茶最佳。冬季小雪至大雪节气之间可采雪片茶，也是茶中佳品。

柏塘地区还有一种特有茶种——细叶紫芽茶，因其芽叶是紫色而得名。细叶紫芽茶高贵典雅，品质极佳。据科学测算，细叶紫芽茶中的花青素含量极高，可达普通绿茶的50~100倍。

茶田分属各家各户，多是自产自销，有余时才会偶尔售卖。严寒方去，大地回暖之时，养精蓄锐一冬的茶树吐出新年第一簇嫩叶，这时候，便是家家采茶，户户炒茶的时节。

采茶是慢工细活，全家老少，集体出动，勤快的双手在茶树枝丫之上跳动，就像钢琴家灵活的双手飞舞在琴键之上。大自然的精华，就这样，一片又一片地被采撷，装进竹筐里。

采茶之后，容不得半点儿的拖延，紧接着就要炒茶。架起敦厚的大铁锅，燃起果木柴火，倒入青黄色的茶叶，此时用双手快速地翻炒，让茶叶的每一厘肌肤都能均匀受热。茶叶在铁锅里翻滚，茶香在加热之后，迅速四溢，空气中充满茶的香气。

世事如烟，时间总是过得飞快，是时候停下我们的脚步，聆听心灵的声音了。黄昏将至，烧一壶开水，泡一杯紫茶，身心就像蜷缩已久的茶叶，缓缓舒展，在天地间升腾、游动。

古寺燃香

元音古寺

常言道深山藏古寺，在这层叠的绿色包围之中，元音古寺以简朴大气的建筑风格与平安山相得益彰。

寺庙选址于山腰平地，背倚青山，向前则一望皆空。殿堂楼阁新建不久，至今尚未完全完工，看似日式风格，却是仿唐制而建，木作、瓦作、色泽与装供均是唐代建筑风骨与现代制作工艺的完美结合，一砖一瓦一风铃均古朴雅致，更具简洁与抽象之美，流连其间，令人凡念顿消，心境清明。

随着脚步的移动，眼前的寺院也是一步一景，一步一段历史。古老的传说早在风烟里消散，现代的故事却在不断地上演。宝殿前的丹炉里升起袅袅香烟，每一根香的背后都是一个故事，或者是为父母大病痊愈前来还愿的儿孙，或者是祈求佛祖保佑一份美满的婚姻，或者是安慰历经苦难的灵魂……

淡蓝色的烟气或有若无，虚无缥缈。佛祖的保佑似乎也是如此的遥远，不很真切。但是，当你嗅到那股浓烈的焚香时，你一定会觉得信仰是真切的。

此时，寺院里的钟鼓声起，钟鼓之声恰似无边佛法，在钟声远播之时，有多少苦难正在世间萌发兴起？又有多少无明愚痴正在发作产生？但是，此时又有多少铮铮之声，刺破无明长夜，点亮心灯无量！思量及此，佛法的慈悲，不禁让人潸然泪下。

夜宿古寺也好，历数星光也好，在最接近自然的地方，总有最美的时光。登高访古寺，在梵音古钟中，忘却都市争名夺利的嘈杂声，在暖暖的焚香中，沉淀熙熙攘攘的心情。

岭南果香

公庄荔枝

“剥开薄薄的皮儿，露出一张汗津津的小脸，仿佛跑了多远的路才来到这儿。”这是著名作家肖复兴形容吃荔枝时的场景。

荔枝，皮红肉白，风味香甜，自古以来就是果品之中的上品。不然一生放荡不羁、漂泊不定的东坡先生，不会因为荔枝的原因，对岭南不离不弃，难以割舍。苏轼曾写道“日啖荔枝三百颗，不辞长做岭南人。”

苏轼笔下的荔枝让古时充满瘴气、尚未完全开发的岭南充满诗意的遐想。如今岭南毫无疑问地跻身中国经济最发达的地区之一，荔枝的味道也早已湮没在众多海内外的美食之中。然而，当你走进公庄，从枝头摘下一枚乌红的荔枝，轻轻地剥开它的外壳，那种香甜的独有气味瞬间就释放出来，和千年之前没有丝毫分别。

“良禽择木而栖”，荔枝也是一个挑地方的主儿，公庄的荔枝以吉水围的品质最好。吉水围是一个保存完好的客家古村落，建于明朝时期，至今已有300多年历史。

吉水围是典型的客家四合院建筑，四周城墙围绕，四角角楼盘守，形制规整严密。村内的檐梁上绘制有精美的图画，其中就不乏岭南佳果——荔枝。

灰塑和木雕等装饰的古祠堂古朴庄重。以祠堂为轴心，四周建有数十栋布局整齐，互相联通的屋场、天井、磨房、石廊、花厅、仓储，连通一气，也沟通了人们的生活。城中有寨，寨中有屋，屋寨相连贯通，走进古寨犹如进入迷宫。

村内是村民生活的空间，不远处的荔枝园则是一片纯天然的生态空间。

吉水围古荔枝园被誉为北回归线上的“荔枝公园”，荔枝园里的荔枝口味众多，除了平时常见的口味外，还有桂味、糯米糍、水晶球等优质品质。剥开脆脆的荔枝皮，一阵新鲜果香立马俘获你的心，咬一口，糯弹的口感让人难以忘怀。

吉水围的荔枝因为气候、土壤等原因，普遍比其他地方晚1-2周上市，生长时间更充分。最好的东西，总是值得等待的，虽然成熟得晚，但

是这里的荔枝品质更优，口感更好。每逢挂果季节，枝叶繁茂，树上挂满红艳艳的荔枝，摘一颗品尝，鲜嫩、多汁、爽滑。

公庄荔枝不仅个大肉厚，汁多味甜，同时还具有补脑健身，开胃益脾，促进食欲之功效。因为这些原因，公庄的荔枝成为荔枝中的贵族。

“古树荔枝卖到47元一斤，而且还是想买都买不到。”当地村民自豪地说到。每年7月份，荔枝成熟，果香飘满古村落，便引来游客无数，其中不仅有爱好古村落、追求慢生活的年轻人，更有一大波难以忘怀荔枝味道的吃货。

“有时候买不到荔枝，便在古荔枝树下捡几颗解解馋。”一位游客颇为失意地说道。

甜暖糖香

观音阁黑糖厂

每到11月份左右，观音阁镇的空气中就会有一种奇异的清香。而这清甜的香气，将持续100多天，让游人的嗅觉不觉挑剔起来，循着香气在古镇穿梭，试图寻找答案。

交错纵横的古街古巷可能让人不知所措，直到东江河畔，一片片葳蕤蓬勃的甘蔗林乍现眼前，空气中甜蜜的秘密才被揭开。观音阁，这座人口仅有两万多人的小镇，拥有一家广东历史最久、产量最大的黑糖厂。制糖时节，观音阁甜蜜的滋味将散发到古镇的每一道街巷、每一处人家。

观音阁镇的黑糖拥有一种与众不同的清香与细腻，这份非凡的特质与东江河畔优越的自然地理环境密不可分。东江是东莞、深圳、香港等重要城市的优质水源地，位于东江上游的博罗观音阁镇，碧水晴天，生态优美。临近初冬，东江河畔的甘蔗林从鲜绿变为黄绿。经历了一年日晒雨淋、泥土滋养的甘蔗，体内的糖分迅速累积，东江河畔

富含微量元素的土壤，造就了这片甘蔗林独特的营养价值。它们被勤劳的东江人经过快速地砍伐、打捆、装车，运进糖厂。

观音阁黑糖厂始建于1954年，厂内的红墙大院诉说着往日的热闹，而现在按照先进工业标准搭建的流水生产线，续写着昨日的辉煌。

一颗糖是怎样炼成的？一捆捆还带有清晨寒露的甘蔗，经过打碎、榨汁、过滤、蒸煮、再过滤、再蒸煮、打粒等一系列复杂的工序，最后才成为一袋袋甜人心脾的黑糖。从一棵甘蔗到黑糖成品，整套工艺需要8个小时，承载的是60多年的绵长历史。

寒冬季节来到，或是偶感风寒，舀一勺黑糖，用滚开的热水冲泡，暖暖的甜味瞬间沁透脾胃，感动爱人的心。黑糖水就像人与人之间的温情一样，虽然简单，但是必不可少。它们让有时稍显无聊的生活，成为值得回味的甜蜜记忆。

TRAVEL TIPS
博罗
旅行贴示

01 象头山国家级自然保护区

交通信息

象头山到深圳车程1.5小时，离惠州只有20来分钟的车程。

1.南北走向的自驾线路：槁树下水库–象头山林场（100多公里）

2.东西走向的自驾线路：汤泉林场–范家田水库，小金口–济公田水库，良田河–阿公髻–济公田水库，象头山林场–下嶂–上嶂–济公田水库。

02 禾肚里

交通信息

坐落于广东省惠州市博罗县横河镇河肚村，距离罗浮山5A级风景区18公里，31间风格迥异的农耕主题客房及3栋独栋田舍镶嵌于稻田或山坡之上。

订房热线：0752-6463388

03 洋景茶园

交通信息

洋景茶园位于博罗县柏塘镇洋景村，可自驾前往，乘坐公交可在博罗汽车东站乘坐至柏塘方向的班车。

04 元音古寺

交通信息

可自驾前往，乘坐公交可在博罗汽车东站乘坐至柏塘方向的班车，坐车时记得询问司机，车辆在路口下车，路边有元音古寺的指路牌；下车后还有4公里路到元音古寺，可在近处询问摩托车载您进寺，或步行进寺。

注意事项

未经允许，寺庙里一般禁止摄影；寺庙里的殿堂，建议从两侧门进入；与寺庙里的僧众交谈前先双手合十简单行礼，可以尊称其为师父、法师。

05 吉水围古荔枝园

交通信息

乘坐博罗中心汽车站公交前往公庄镇，或者自驾前往。

注意事项

荔枝营养价值丰富，但多吃易引发牙龈肿痛等症状，因此正确食用荔枝的方法很关键，需要注意以下几点：每日进食荔枝不超过 300 克；不要空腹吃荔枝，最好在饭后半小时食用；对荔枝过敏，糖尿病患者及阴虚火旺者谨慎食用荔枝。

06 观音阁黑糖厂

交通信息

乘坐博罗中心汽车站公交前往观音阁镇，或者自驾前往。

观音阁黑糖

黑糖是一种未经提炼的蔗糖，富含钙、铁等微量元素，具有改善血管硬化的作用，亦有防止肥胖、改善动脉硬化、活血散淤及温经缓疼之功效，其药用价值甚高。

博罗故事

Boluo Story

时间，在博罗是可以触摸的。纵使是旅游旺季，在博罗也可以找到属于心灵的清幽之地。见惯了喧嚣扰攘，让这里的天地、山水、别样的风光、奇特的体验驻进自己的心灵。这些没有沸腾名声的地方，和我们一样不喜欢热闹。让我们投到它们的怀抱，做一次短暂的休憩。

走过博罗的时间，曲折而悠长。

第五章

慢享·时光

碧波微风之上

联和水库

宛如一粒明珠镶嵌在翠峰叠峦深处，无论是从山顶遥望还是越过大坝远观，联和水库都是一样的明净秀丽。

面对如画的风景，忍不住打开手机。选择最佳的角度、最美的景物，但拍出来的照片还是比不上摄入眼帘的青山、绿水、蓝天。

联和水库修建于1958年，集水面积达110.8平方千米。作为一级饮用水水源供应地，在将近60年的历史中，它哺育着附近百姓，灌溉给水，防洪防旱，保护着这里的青山绿水，保护了这里居民的幸福安康。它甚至供养着东江下游繁华现代的珠三角城市，把优质的水源输

送给城区的大厦高楼，为那里的腾飞默默奉献。

如今，它供养给人们的不仅仅是一泓清水，还有更多，比如都市里寻觅不到的悠闲时光。

联和水库更像是一座自然形成的湖泊，岛屿星列，湖面平静，水岸线沿着山脚与大坝蜿蜒。水位涨落形成的明黄色土层之上，植被呈深绿色，加之天色湛蓝，水色浅碧，目光所及之处，都有着油画般明亮和浓郁的色彩。站在水边，湖风迎面而来，吹动着花枝草叶，扬起的一头长发，如同春日的海风，干净爽朗，明媚清新。

环绕水库周边的店面、客栈、民房不多，但大都临湖而筑有露台。找一家茶社，拣一张藤椅坐下，地方不大却拥有整个水库的风景。偶尔还会有和自己一样的游客卷帘进来，四目相视，陌生又熟悉。不管是主动搭讪，还是沉默不语，在这里大家都是难得的相知。观湖饮茶，安逸闲适，真是人生一大乐事。

端上茶壶茶盏，扶着栏杆坐在水库湖边，打算看看那些安详垂钓的老者的收获。老人家虽然一身专业装束，但钓翁之意也不在鱼，“在乎山水之间也。”本以为要打扰人家，却不曾想对方不以为忤，反而主动打开了话匣子。喝茶唠嗑儿讲故事，看着平静的湖面把闲话聊得天马行空。景色是平常的景色，茶水是平常的茶水，故事是平常的故事，却蕴含着一种别样的心境。忙碌的生活让平常成为奢侈，也让这里的风物显得弥足珍贵。鱼线一紧，把沉浸在故事里的意识拉回湖面。鱼要上钩了，垂钓的老者悠悠拉线。呵，好一条大鱼!

大坝之下，清水缓流，穿越竹林树丛而过。水边农家，把凉亭修筑在竹树幽境之中待客。凉亭悬空而建，坐在其中，如同置身竹林环绕的山间小溪上，远可观绿水青山，近可听水声潺潺，摆盘菜式多蓼茸蒿笋，皆是山野清新味道。野菜、野味、野生的风景，这里有水畔的安逸，山野的闲适，以及留给人间的淡淡清静。

骑行、垂钓、游船、品茗，或是散步、发呆，既然来这里寻一片清闲，索性连自己也一起放下弄丢，把身心融入到山水深处，简单地重复一件事情。名山大川是属于别人的，这里是属于自己的。

拍出来的照片终究没有一张满意，只好把手机收好。瞥了一眼屏幕，猛然发现，这里的手机信号似乎是微弱的。

慢下来的生活

公庄秋枫寨

秋枫寨的慢，有一点自由的奔放。

每年中秋佳节，在秋枫寨赏月观水，湖中亭台还会有水上舞蹈的表演。山雾弥漫之中响起的轻歌，出现的曼舞，都似乎让自己身处在神仙境地，而这一块仙界是为任何凡人开放的。

清清嗓子，情不自禁地哼起了熟悉的歌曲，然后架不住陌生人的鼓励和劝“歌”，引吭一曲。不管什么样的曲子，在这里唱出来都是开阔的，因为山水为你伴奏。歌舞结束后，关掉全寨的电灯，月光之下一场热烈的篝火晚会正在从一星火光之中崩裂出来。一声呼啸，再忸怩的人也成了天然的舞蹈家。载歌载舞的欢腾，释放不完的热情，这一场别致的中秋晚会让每一个人都成为舞台的主角。

秋枫寨，位于惠州博罗县公庄镇官山，一个山水秀美的地方，被称为“广东小九寨”。当你面对万山红遍的枫叶林，会情不自禁地细细品味、欣赏它的美。青山绿水、山涧溪谷、沟壑怪石、亭阁轩榭、小桥流水，还有幽静的登山栈道，这些都让人心生出无限的向往。尤其是秋枫寨的溪水，清澈见底，山、林、天、云倒映在溪水中，如一幅丹青圣手描摹的山水佳作，初来的游人都会为它那湖光山色的原生态美景所迷倒。

其实，秋枫寨看着不动声色的静谧之中还蕴藏着更多的惊喜。行走在山寨步道，除了水鸣鸟叫之外，远远还能听到欢快的叫喊声。山涧之中，一条橡皮船沿着溪流湍急而下。船上全副武装的一家人挥动着双手向远近的游人招手，他们的世界颠倒、动荡，身体中的每一个毛孔里都充盈着快乐。突然，一个身影从头顶划过。山顶之上，一群人排队等候着滑索。十几秒内，从一座山飞到另一座山，头顶是湛蓝的天空，脚下是宽阔的湖水，闭着眼睛没有喊出来，马上就要撞在地上了。等睁开眼睛，一下子就征服了两座大山。在秋枫寨，不仅可以享受到最优美的自然，还有挑战极限的刺激诱惑着我们。

地处亚热带的广东，几乎都经历不到春天和秋天，只有夏天和冬天两季。但是在山清水秀的秋枫寨，却可以感受到四季的变化，这里是惠州人一年四季的心灵谷。若在春夏之际入山，可看到漫山鲜花，杜鹃花、映山红、李花、桃花，还有6公里的樱花长廊；若是秋冬时节，遍地的巴西紫牡丹、红叶、枫叶，静默的山峦逐渐换上妆容，绿色之中夹杂着红黄，各种颜色不一而足，层林尽染——这里有着丰富绚丽的色彩。

游湖、登山、赏景、漂流、滑索……花样百出的体验，感觉一天的时间都快用光了。然而看一看手表，突然发现时间尚早，秋枫寨的慢就是这样冒出来的。

这里有舒缓的音乐舞蹈，也有明快的欢歌笑语，有宁静秀丽的自然山水，也有急速的漂流，飞快的滑索。山寨里每一种质感的体验丰富着我们的时间，身体在不停地起飞，但心灵是最轻松的。

廣東航天農業科技生態園
Guangdong Aerospace Agricultural Technology Ecological Garden

来自星星的种子

广东航天农业科技生态园

从上古到现在，人们春种、秋收、夏耘、冬藏，日出而作，日落而息。在四季的轮回中，这套严密的历法千年不衰。农耕时代渐远，自然也变得疏远，于是每一个城市人在对远古的渴望中，都蕴藏着一份对田园生活的执念。

那就停下车吧，回归到有着良田美池桑竹之属的一方桃源，和亲朋三五成群，采摘着新鲜香甜的葡萄、百香果，然后在天色渐暗时分，升起野炊场上的袅袅炊烟。

“国家植物航天育种工程技术研究中心”“博罗成果转化与示范基地”“全国青少年农业科普示范基地”……在这些鲜亮称谓集于一身的广东航天农业科技生态园，现代科技给予这里的是“上过天”的种子，是那些“来自星星”的精灵。

这里的底蕴是厚重的大地土壤，也是深邃的宇宙太空。广东航天农业科技生态园将“来自星星”的种子深耕在小镇的土壤深处，让东起象头山群峦，西濒罗浮山诸峰3650亩的土地上，百花异放，瓜果奇特，风光旖旎。

走进育种基地园内，鱼塘、水田零星分布其中，一条东西走向的河流平缓地从北部穿过，花卉、作物连绵而生，万物巧妙新奇地搭配融合，纵横交织，宛如这颗星球上的“伊甸园”。

“农以种为先”。在这里，种子飞向太空，接触了特殊的射线和磁场，又回归土壤，长出了超级稻、航天新惠占水稻、华航31号水稻、酥醪菜等3000多个品种。在这里，“来自星星”的种子埋入地球的温床，做着光怪离奇的梦，孕育出一株株奇异的形态：神似菠萝的玉米、基质栽培的花朵、四人合抱的南瓜、30多厘米长的苦瓜、鹅蛋般大小的“玩具南瓜”、有着云朵花纹的天鹅葫芦、开放在水上的花。这些“游历”过星际的精灵带回的不仅仅是新的品质，也夹带着星空般的神秘色彩和外太空的浩瀚魅力。

博罗航天育种基地

进入广东航天农业科技生态园，搭乘电瓶车便可以穿过玻璃温室、蔬果大棚、特色蔬菜等几个功能区，不同示范园迥异的风光尽收眼底。

“沙漠区”空气干燥炎热，色调赤黄，仙人掌、大犀角等数十种沙地植物在这里粗犷生长；蔬果大棚内，无土栽培的白色管道每隔一段距离就会探出一颗绿油油的紫背菜，排列成一道道墙壁，构成神秘的“植物迷宫”；温室的另一角，不少由红色、黄色、灰色、黑色等塑料盆构成的“柱子”搭建起立体种植的圆角，互相错开的地方生长着一簇簇菜心、小白菜；至于垂钓园区，花卉在水上摆列成斑斓迭出的图形，鱼群在水中倏尔远逝，往来翕忽……游走园中，一步一景，鸟雀轻

啼，花草烂漫。农业景观、生态环境、山水资源在这里完美结合，抹去了自然本身的粗糙，精心装点成一个浓缩的美丽园林。

在自然惬意的怀抱外，仍有无数的未知包围着我们。广东航天农业科技生态园还蕴藏着特别的知识，让充满好奇的孩子们成为了这片园地上最受欢迎的客人。

当地开设了多种多样的航天知识夏令营项目，如农业种植科普、研发实验室参观、航天知识一览等。生活在城市中的少年，来到这里，在小小的头脑中埋下“来自星星”的种子，便可以学会亲自去触摸这个世界、认识这个世界……

相约在欧洲小镇

五矿·哈施塔特小镇

在遥远的欧洲国度，奥地利阿尔卑斯山脚之下，有一个叫作哈施塔特小镇的地方，那里秀美的湖光山色和独特的欧洲建筑让它博得了“世界最美的小镇”的桂冠。

在中国，博罗罗阳街道的五矿·哈施塔特小镇就是它完整的翻版。这里的湖水和山色并不输于遥远的奥地利，这里的风情也和那里一样的典雅精致。

五矿·哈施塔特小镇位于惠州市博罗县罗阳街道麦田岭，是一座欧洲小镇的高仿建筑群。五矿·哈施塔特小镇完全复制奥地利小镇的原因，不仅仅在于它是公认的“世界最美”，还在于这座欧洲小镇也分布在高山峡谷之中，和博罗的地形地貌相契合。同时，最为奇幻的是，奥地利小镇独特的木屋建筑居然和中国江南的民居建筑非常相似，它们都适应了相对一致的自然环境。五矿·哈施塔特小镇将一个陌生又熟悉的文明嫁接到博罗的土壤，开出一朵绚丽的奇葩。

五矿·哈施塔特小镇对奥地利小镇的复制并不是简单地在外形上模仿，而是将那里内在的生活和艺术统统都移植了过来。走进五矿·哈施塔特小镇就像走进一个童话的世界，异域的风情让游客怀疑自己身在何处。不论是街头雕塑，还是店铺饰品，所有风格都是原汁原味的欧洲风情。因为处在森林茂密的阿尔卑斯山麓，奥地利小镇的居民喜欢木饰艺品。在博罗的五矿·哈施塔特小镇，也随处可见来自欧洲风格的雕木艺术。

五矿·哈施塔特小镇把很多人对童话中的遐想变成了现实。在这里的教堂里可以举行一场完美的西式婚礼，这里的街巷之中可以找到穿越时空的骑士身影。五矿·哈施塔特小镇让不属于我们的别样生活成为一种可能。

不是每一场说走就走的旅行都能走得了。也许古欧洲精致典雅的生活还在你的梦境中，也许你没有足够的时间来一场跨越半个地球的旅行，也许你也没有足够的耐心面对长假、金钱、签证的等待。那么，这个“世界最美小镇”的五矿·哈施塔特，可以马上实现你对另外一个文化和风情的向往，它让这场说走就走的旅行马上就可以实现。

远望着烟水迷蒙中的五矿·哈施塔特小镇，它吸引着我们的脚步不断地靠近，走进这里的大街小巷，每一栋建筑又吸引着我们的双手推门进入。就像它的名字本身，五矿·哈施塔特，谜一般地散发出奇幻的光芒。

TRAVEL TIPS
博罗
旅行贴示

01 联和水库

地址：博罗县福田镇联和圩村附近

交通：距离博罗县城西北40公里

关键词：自驾越野、骑行、钓鱼、射击

02 公庄秋枫寨

地址：博罗县公庄镇官山村

交通：距离博罗公庄17公里

关键词：登山、亲子漂流、滑索、篝火晚会、农家乐

03 广东航天农业科技生态园

地址：博罗县湖镇下村农场

交通：距离博罗县城17公里

关键词：参观、采摘、科普、夏令营

04 五矿·哈施塔特小镇

地址：博罗县罗阳街道麦田岭

交通：距离博罗县东5公里，可乘坐博罗3路、1路、16路公交

关键词：参观、cosplay、婚纱拍摄

博罗故事

第六章 最初·乡味

博罗是一个念旧的地方。这里的美食，是历史的味道。

博罗的美食，离不开自然山水对它的滋养，每一道美食的原料都是土地的馈赠。上千年的辣味，三代人的甜味，100年的肉丸鲜味，还有从远古时代飘散出来的稻米香气，正因为博罗的为食者们对传统的坚守，我们才可以穿越时空，品尝到自然原始又充盈着历史文明的味道。

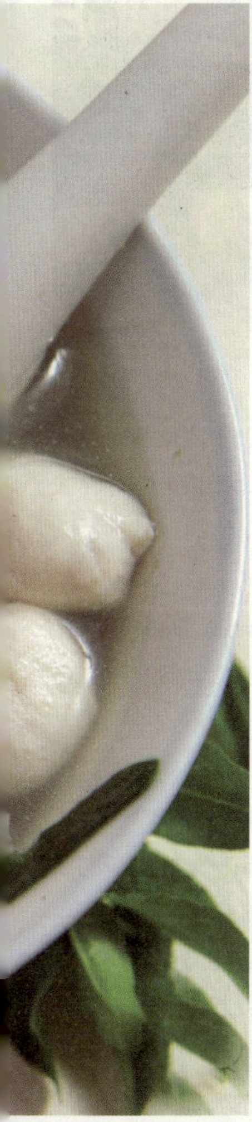

百年古早味

麻陂肉丸

时钟走向凌晨两点，小镇还属于酣眠的状态，而李永康的一天已经早早开始了。

和他的生物钟一致的还有镇上的猪肉供应商，他们在凌晨两点的时候就要将宰好的生猪洗剥干净。这样，李永康拿到了最新鲜的猪后腿瘦肉，开始了长达几小时的肉丸制作过程。

剔、切、捣、碾、磨，以尖刀去除杂质，保留精纯瘦肉，经利刃破成小块，再用铁棒捣碎、碾细、推磨成泥。煅打成熟的肉泥细如河沙，一个精壮汉子一小时也只能打出两三斤。铁棒呈梯形，单边重达两斤，三九寒冬，穿着背心短裤的李永康却早已汗流浃背。当天边露出第一缕曙光时，肉丸下锅了。双手搓

捏而成的肉丸圆润晶莹，在沸水中上下浮动，随着葱花和胡椒的加入散发出诱人的香气。如同百年来的每一个早晨，太阳在麻陂肉丸的独特香气中升起来了。

麻陂肉丸口感爽脆，又称爽脆猪肉丸。因采用纯猪后腿瘦肉，肉丸高蛋白而低脂肪，并极富弹性，跌落盘中能弹起多次。其制作手艺流传至今，已有百年历史。

相传民国初期，在麻陂镇永丰管理区甲龙村，有一位名厨李珠安，经常为当地有钱人家掌勺。空闲时他喜欢尝试新花样，把猪肉敲打成泥，添加白胡椒粉、精盐、鱼粉、生粉、鸡精或味精等独特作料，用手抓捏大胆自创了猪肉丸子，不想受到大力称赞，美名流传甚广。李珠安为猪肉丸子取名“麻陂肉丸”，之后就以自制肉丸为生计。

其子李南养18岁就得父亲真传，成为麻陂肉丸的第二代传人。困难年代里，李南养背着瓦罐走街串巷售卖肉丸，扁担磨得光滑锃亮，一头挑着祖传的手艺，一头挑着全家的生计。

20世纪60年代末，时任解放军参谋总长的黄永胜来到博罗视察，品尝到李南养做的肉丸汤后赞不绝口，使得麻陂肉丸更加远近闻名。后来，李南养加入麻陂供销社饭店，将肉丸制作秘方上交组织，并作为大厨继续传承肉丸手艺。儿子李永康亦是早早从父学艺，做得一手好肉丸。

改革开放以后，供销社饭店改为私营，李永康便接过店堂，经营肉丸生意。手艺传到李永康的三个儿子手上，他们已经是第四代，麻陂肉丸也成为了县级非物质文化遗产。

如今走进第四代传人李金平所开的“永康肉丸店”中，依然能品尝到百年前的味道。肉丸汤依然是最经典的菜式，汤汁清澈，葱花翠绿而肉丸爽滑，实为人间美味。

李金平回忆，以前猪肉还是珍稀食材的时候，镇上有买不起肉丸汤的小孩想用自家鸡蛋换食解馋，父亲李永康非但不以为怪，而且欣然应允，用一大碗肉丸换取几颗鸡蛋。

如今，麻陂肉丸已远销海内外，却从来只靠口碑相传。如同百年如一的醇厚滋味，在李家对古早味的坚守中，早已有了比美食更丰富的含义。

公庄镇

公庄嗜辣记

粤菜是出了名的清淡、鲜嫩，向来以汤类、海鲜、素菜、点心最具特色。在美食的地图上，广东应该会被绿色刷屏，而万绿丛中会出现一点红色。这点红色是公庄的辣椒。

公庄全境属半山区，四面环山，中间是一块50多平方千米的平地。而公庄人作为惠州市下属博罗县中的一个镇，讲着客家话粤台片惠阳话的方言，素以大方勤劳闻名。

纵然大山阻隔了与外界经济的充分交流，但这片地区有着“不旺本人，旺外人”的传说，从古至今当地人一起延续着自力更生和豁达慷慨的双料性格。宛如当地人火热的好客之情，公庄的美食有着特别的风味，这里是全广东独一一个食辣且嗜辣的地方。当地人说：“不会吃辣的人不叫公庄人。”

公庄的餐饮非常讲究。人们热爱一个圆满的早晨：早餐的时候薄壳鸡蛋要新煮的，粉米汤要新鲜的，猪肉猪肝粉肠各类猪杂会热气腾腾地混在一起——在大早上的时光，给游玩的老饕们一个滚圆的肚子。

如果没有赶上丰盛的早餐，午晚餐的美食也不赖。清溪养出的杂鱼无腥鲜嫩，酿豆腐多汁咸厚，自制的腊肉让人无法停箸，坑螺配半只鸡蒸得油光满面，大肠嚼劲十足，乳白浓郁、香味四溢的鲫鱼鸡蛋汤，再加上争先恐后从蒸锅里涌出的白米饭……花样可以变化，但不可或缺的是作料里的辣椒。

所有的博罗美食，到了公庄必然要加上辣椒作为额外的配料。吃惯了甜味餐食，猛然间一股鲜香刺激蒸腾而上，顿时让人食指大动，不住动筷下肚。大碗见底的那一刻，胃和心脏被同一种温暖充实。

受地形阻隔，公庄自古就是穷苦之地，如今依旧有不少贫困村。公庄原始的居民都是世代忍受耕作之苦的农民，而它又背靠着经济发达的珠三角，小镇在大都市的对比下，在物质方面相形见绌。现代化的车轮凛凛而过，似乎忘记了这个地方，但它搅动了这里的人心。家乡的老屋随着年轻人外出闯荡，逐渐坍塌消失。越来越多的公庄人仅仅凭借朴实硬气的脾性走向了繁华都市，他们在异乡继续自己的辛苦耕耘，那里的土地是钢筋水泥，比故乡的土地要坚硬。

辣味是热与痛的混合感觉。更严格地说，辣其实是一种疼痛。不管是舌头还是身体的其他器官，只要有神经就能感受到辣。公庄这个本不

该例外的小城，在近千年的外来姓氏迁徙、融合，以及经济社会发展的变迁中，进化出了对疼痛较为耐受的神经，这也许就是他们能够征服辣椒的原因。位于山村深处，依傍着蜿蜒山脉和绵长的溪流，公庄人用家常的时蔬生鲜造出一桌美食，加上独有的鲜辣，用辣椒扛住了所有的苦和重压。

相伴而生的鲜辣美食，其实不过是生活的衍生品，是上天惊讶于公庄人坚韧生命力的一种馈赠。这馈赠也显然不同于四川、湖南的麻辣酸辣。它辣得适度，香味更多——鲜香的特色宛如公庄人一般独一无二。

远乡游子或许终有一刻聚在一起：“靓仔，哪拉里人啦（先生，你是哪里人啊）？”

食到辣椒酱时，相视一笑，答案就在心中了。

不负时光的红糖糕

广阳食品坊

出生在杨侨镇的陈广阳，小时候最期盼的事情就是过年过节，每当遇到节庆日时，他就可以吃到祖父亲手制作的红糖松糕。在物质匮乏的年代，四四方方的一块红糖松糕就是当时孩子们眼中的人间美味。充满着旧时味道的红糖松糕，早已经在他的味蕾上留下了深深的印记。那个时候的陈广阳还想不到，有一天自己会成为家族松糕的传承人。

红糖松糕是杨侨民间重大节庆必备的一道美食，它寓意着年年发财、步步高升。杨侨陈家的红糖松糕历经三代传承人，在杨侨镇美食中拥有响当当的名号。

刚出炉的红糖松糕澄黄灿灿，光滑如镜，浅浅的表皮下松糕似水流动般微微荡漾。它们爽朗地腾腾地冒着热气儿，小小的糕体散发一身活力。

通过一系列精细的工序，松糕原料被揉搓、被搅拌、被发酵、被挤压、被静置、被蒸发，涨涨压压，反反复复，历经“八十一难”才得此刻尽情舒展，用力释放。浓密的红糖味儿、朴实的熟面味儿夹和着红枣香、枸杞香、红豆香、淡油香，和谐地凝聚成只属于杨侨陈家的红糖松糕味儿。有点任性的糕体，松软韧弹，细腻绵密；孔眼细细的、小小的，形状齐整，均匀排列。深深吸口气，就着烫手的温度，轻轻咬一口，一股无法言说的鲜美味道，涌上心头。

身为80后的陈广阳是陈家红糖松糕手艺的第三代传承人，从第一次学做松糕到现在已有10个年头了。

陈广阳的祖父陈有德是第一代红糖松糕的创始人，他制作的松糕在越南当地侨民中享有口碑，而祖父那辈也只有在节假日时才制作松糕供家人享用。少年时代的陈广阳期待着过年过节吃一口自家制作的松糕，说来心酸却也是真实的故事。陈广阳的父亲陈富贤是第二代传承人，在种植柑桔之余，他将传统手艺进行了改良，挑着箩担在镇子内售卖红糖松糕，并把自家的红糖松糕作坊做到了现在的规模。

2007年，在外打工回来的陈广阳第一次试着学习做糕手艺。但是，他的传承之路并不容易。十几年前，20出头的陈广阳对制作松糕这项传统手艺并不关心。他一度认为守在一个小厂房里制作售价2元的松糕没有什么前途。他毅然离开家庭，走向大城市开启他的打工之旅。外面的世界固然新奇，外面的美食也纷繁多样，但陈广阳没有吃到比祖父手做的更美味的松糕，而祖传秘方即将面临失传的局面。

怀着对传承家族技艺的使命感与守护古法美食的责任感，陈广阳毅然放弃在外打工的高收益工作，回到生他养他的家乡，成为新一代杨侨红糖松糕的年轻掌门人。

做糕不易，和面、搅拌、放酵母、发酵、打浆、分浆、烧水、上蒸笼……松糕的制作过程看似简单，实则每一步都蕴含着精妙的技艺，稍有不慎就会宣告失败。这种技艺并不精准，不能测量，它只在口口相传的经验里，藏在娴熟掌握的手法中，含在时光的洗练中，蕴在对自然的感恩中。在反复尝试、反复琢磨、反复失败中，陈广阳的技艺日渐精进。终于，他做出了自己的第一块糕，松软度、绵密度、甜度都恰到好处。

红糖松糕使用传统的手工制作，只用最纯粹、最天然的原材料，极尽全力保持它的原汁原味，而不用现代化的“手段”生产不合规格的松糕。甚至为了保证松糕的新鲜度，陈广阳坚持订多少做多少，每块松糕里面都注入了他的心血与汗水，凝聚着几十年来祖辈的坚守与荣光。

也许，每一道传统美食都有自己独特的秘方，而杨侨红糖松糕最大的秘诀在于，像陈广阳这样的师傅在灶台上十几年如一日的坚守。

澄黄的糕点，温柔了时光，静谧了岁月。多少艰辛努力的付出，终于让杨侨红糖松糕成为不负时光的美食。

四季园

在星与湖之间

在四季园品尝美食，除了吞进肚子里的饭菜，要先尝一尝这里的绿水青山。

四季园生态农庄位于罗浮山下，修建在大洞水库一座半岛上，整个农庄包括700亩山地与800亩水库，前后皆为开阔水面，视野开阔，入目皆是山水秀色，这里是一处安详惬意的所在。

由山脚拾阶向上，一路溪水潺潺，树影珊珊。百十步后，即登山顶平台。平地面积不大，却有亭台楼阁，玲珑可爱。山顶阳光充沛，草木繁盛，春色满园，盛满清水的大理石盆中均漂浮着新鲜花瓣。

临山门有木质长廊，通向山后林木幽深之处。长廊邻湖一侧房间墙面多由大幅玻璃制成，或落地或悬空，高低错落，由楼梯连接大小露台，生长在房前屋后的树木形成了绝佳的天然空间隔断，每一处都有独特的观景视野。

沿长廊前行，树影渐深，林中有石砌小池，摇碎的阳光从枝叶间洒落水底，落叶与碎石清晰可见，水光与木纹交相辉映。回廊通向山后露台，远眺可见晴空历历，山峦挺秀，水波明媚，成群的白鹭在远处的树林中起落飞舞。

你以为走进了一处风景绝佳的游览胜地，这时山庄主人摆开桌子端上一道道特色美食，这才意识到这里就是将要吃饭的所在。四季园，将美食和美景融为一体，在这里，食客获得的是视觉和味觉的双重享受。

对于四季园美食的评价，居然分成了两种截然不同的态度。有的人觉得，在四季园一边吃饭，一边看湖光山色，甚为惬意，但它的饭菜就马马虎虎。

其实，只有不懂得四季园滋味的人才会有此认识。四季园美食追求的不是浓烈的重口味，它依托美丽柔和的自然风光，追求的是淡雅鲜甜的味道。农庄所有美食的原料均来自于山水的馈赠，上汤桑叶芽、凉拌冰菜、福田菜心等爽口小菜，在上桌之前的不长时间里还生长在农庄的菜园之中。桂花鱼、水库鱼头、大江鲫、山坑鱼等荤菜也是直接从水库里刚刚捕捞的。这里的厨师最擅长的技艺便是保留食材最原始的味道。

对于新鲜，四季园有着得天独厚的条件。四季园农庄为了把原生态的绿色食材提供给游客，在周边地区种植各式绿色蔬菜，利用原有果树生产四季瓜果，在水库养殖各类水产，在后山林地养殖走地鸡鸭。从食材的获取到一道道美食出炉，来这里的食客会清楚地看到美食的绿色与健康。

徜徉在四季园中，尝味赏景，实为赏心乐事也。

四季園

坚持的味道

清水湖农家乐

清水湖农家乐不是一家寻常的农家乐。

清水湖农家乐位于“岭南第一山”罗浮山麓的黄龙大道。这里没有豪华的高楼大厦，没有高科技的种植方法，没有高效能的生产工具，更没有任何添加剂和激素；有的只是山泉水灌溉的有机菜园，成片成片的桑基鱼塘，古法炮制的手工作坊，纯朴的农夫匠人，还有快乐的旅行者。

清水湖四面环山，正对面更是受到“仙山”罗浮山的庇护，阻断了北面的寒风冷雨，使得这里的气候四季如春，正如苏东坡感慨的“罗浮山下四时春”。清水湖所在之地拥有完好的原始生态，山灵水秀，万物生长，造就了得天独厚且不可复制的天然美食佳地。

想吃腊味何处寻？在海拔1296米的大山深处，清水湖农妇正在用心

腌制农家腊味。肉，是她们精选原生态放养猪的鲜肉；料，是她们亲自采摘并炼制的秘方；酒，是她们自家古法酿造的地窖酒；水，是从山上徐徐流下清冽甘甜的山泉水。腊肉、腊肠在山下风凉处静静晾晒，尽收仙山灵气，10天左右即可食用。刚切好的腊肉金黄澄亮、肥瘦相间，吃之清香不腻，兼具酒香腊味，真真回味无穷矣。

乞丐鸡又名叫花鸡，同样也是清水湖的招牌美味。用农庄喂养的土鸡做主料，先加入农庄特调的配料进行腌制，然后再用锡纸和泥巴包裹烤制，烤熟打碎即可食用，再加入农庄特制酱料，肉香四溢，让人垂涎欲滴。

舌尖上的清水湖，就连米饭都食若甘饴。精选上好的稻米用山泉水浸泡一个钟头，加入少许自榨花生油及盐巴，放慢火在紫砂锅里煲饭。米质松软，喷香可口，盐味油香甚浓，谓之油盐炒煲饭。

清水湖能够烹饪出美味的关键在于加入了“客家原始木榨花生油”。拥有几十年木榨经验的老农，传承古法，经精细压榨过程，再以百年酸枝木做榨床，用木尖、木捶敲打，油从树心滴滴榨出，点滴珍贵。最后，将榨好的油放置于瓦缸内储存，花生原香，不热不燥，妙藏于内，久而不变。

除榨油外，最能代表清水湖的“明星产品”便是用古法酿造的美酒，其中客家娘酒的酿造堪称一绝。按照原始古老的传统做法配制，选取优质糯谷去壳，保留米心、米皮的糙米，生柴火经大锅焖熟，待凉后再将传统酒母与娘饭（酒饭）装入瓦缸，放置于恒温的古老地窖中，经过一个月左右的“欢乐”发酵，便可酿造出丰富绵柔、品味悠长、纯厚甘甜、酒香突出的客家娘酒。

休闲的周末，带上一家人来清水湖吧。吃一桌原生态的美味菜肴，喝一壶香甜醇厚的农家酒酿。舌尖上的清水湖是大自然神奇的馈赠，更是淳朴农民坚守初心、回归自然的哲思之道。

TRAVEL TIPS
博罗
旅行贴示

01 永康肉丸馆（最正宗的麻陂肉丸）

地址：博罗麻陂镇G205国道大马路67号

电话：18933561185

02 秋枫寨美食大观园（记得说一声要辣或不要辣）

地址：博罗公庄镇官山秋枫寨内

电话：（0752）6299838

03 广阳食品加工坊（杨侨红糖松糕第三代传承人陈广阳建立）

地址：博罗县杨侨镇坪塘办事处对面168号

04 四季园生态农场

地址：博罗县福田镇大洞水库旁

电话：0752-6757333

05 清水湖农家乐

地址：博罗县罗浮山风景区黄龙大道

电话：(0752)6306999,15768462778

图书在版编目（CIP）数据

博罗故事 / 博罗县文化广电旅游体育局编 . — 南京：
江苏凤凰文艺出版社，2020.5（2024.5 重印）
ISBN 978-7-5594-4658-9

Ⅰ . ①博… Ⅱ . ①博… Ⅲ . ①散文集 – 中国 – 当代
Ⅳ . ① I267

中国版本图书馆 CIP 数据核字 (2020) 第 045061 号

博罗故事

博罗县文化广电旅游体育局 编

责 任 编 辑　张　婷　傅一岑

图 片 提 供　本书部分图片由博罗县文化广电旅游体育局、罗浮山管委会、各镇（街道办）提供（仅用于本书宣传使用）

出 版 发 行　江苏凤凰文艺出版社

南京市中央路 165 号，邮编：210009

网　　　址　http://www.jswenyi.com

印　　　刷　三河市兴国印务有限公司

开　　　本　125 毫米 ×185 毫米 1/32

印　　　张　6.25

字　　　数　130 千字

版　　　次　2020 年 5 月第 1 版　2024 年 5 月第 2 次印刷

标 准 书 号　978-7-5594-4658-9

定　　　价　69.80 元
